O PORCO-ESPINHO

Julian Barnes

O PORCO-ESPINHO

Tradução de
ROBERTO GREY

Rocco

Título original
THE PORCUPINE

© Julian Barnes, 1992

Direitos para a língua portuguesa
reservados com exclusividade para o Brasil à
EDITORA ROCCO LTDA.
Av. Presidente Wilson, 231 – 8º andar
20030-021 – Rio de Janeiro – RJ
Tel.: (21) 3525-2000 – Fax: (21) 3525-2001
rocco@rocco.com.br
www.rocco.com.br

Printed in Brazil/Impresso no Brasil

preparação de originais
CARLOS NOUGUÉ

CIP-Brasil. Catalogação na fonte.
Sindicato Nacional dos Editores de Livros, RJ.

B241p	Barnes, Julian
	    O porco-espinho / Julian Barnes; tradução de Roberto Grey. – Rio de Janeiro: Rocco, 1996.
	
	    Tradução de: The porcupine
	    ISBN: 85-325-0613-5
	
	    1. Ficção inglesa. I. Grey, Roberto. II. Título.	

95-1878	CDD–823 CDU–820-3

O texto deste livro obedece às normas do
Acordo Ortográfico da Língua Portuguesa.

Para Dimitrina

O velho mantinha-se tão próximo da janela do sexto andar quanto lhe permitia o soldado. Lá fora, a cidade estava anormalmente escura; dentro, os poucos watts da lâmpada de mesa refletiam-se, fracos, na armação metálica de seus grossos óculos. Ele tinha menos garbo do que a expectativa do miliciano idealizara: o terno estava amarfanhado atrás, e o que restara de seus cabelos ruivos erguia-se em tufos. Contudo, sua pose era confiante; havia até mesmo belicosidade na maneira como o seu pé esquerdo repousava com firmeza sobre a linha pintada. De cabeça ligeiramente inclinada, o velho escutava, enquanto a manifestação das mulheres circulava pelo centro apertado da capital que ele por tanto tempo controlara. Deu um sorriso para si mesmo.

Elas se haviam reunido naquela úmida noite de dezembro diante da catedral de São Miguel Arcanjo, um ponto de concentração desde os velhos dias da monarquia. Muitas entraram nela primeiro e acenderam velas à altura dos ombros: finas e amareladas velas que, por defeito de fabricação ou pelo calor das chamas vizinhas, tinham tendência a se dobrar ao meio enquanto queimavam, deixando cair sua cera, com um suave gotejo, na bandeja inundada embaixo. Em seguida, as mulheres, cada uma delas armada de seu instrumento de protesto, desembocaram na praça da catedral, que até tão pouco tempo atrás lhes fora proibida, constantemente cercada por tropas comandadas por um oficial de casaco de couro, sem patente visível. Ali a escuridão era maior, porque naquele local apenas uma em cada seis lâmpadas de rua desprendia seu brilho anêmico. Inúmeras mulheres pegaram, então, velas mais grossas, mais brancas. Para economizar fósforos, cada vela nova era acendida na chama de outra.

Embora algumas usassem casacos de tecido e pele, a maioria viera vestida de acordo com as instruções. Ou melhor, malvestida:

aparentavam ter acabado de sair da cozinha. Aventais amarrados em cima de grossos vestidos de chita, com um suéter pesado, originalmente vestido para defender do frio de um apartamento não aquecido, serviam agora para combater o frio na praça da catedral. No bolso fundo do avental, ou no bolso do casaco se estivesse vestida de maneira mais formal, cada mulher enfiara um utensílio de cozinha de bom tamanho: uma concha de alumínio, uma colher de pau, às vezes um amolador de facas, ou mesmo, como se a certa altura um toque ameaçador viesse a ser necessário, um pesado garfo de trinchar.

A manifestação começara às seis horas, a hora em que as mulheres tradicionalmente se encontravam na cozinha para preparar o jantar, embora esta palavra viesse a designar, por último, uma gororoba pelando, alguma coisa entre um caldo e um ensopado, feito de dois nabos, um pescoço de galinha se se tivesse conseguido achar algum, algumas folhas, água e pão dormido. Esta noite elas não estariam mexendo aquela vergonhosa lavagem com as colheres e conchas que levavam no bolso. Esta noite elas saíram com tais utensílios, brandindo-os, com um frêmito ligeiramente envergonhado, uma para as outras. Em seguida, começaram.

Quando as organizadoras, um grupo de seis mulheres do conjunto habitacional Metalurg (bloco 328, escada 4), deixaram a praça calçada de pedras, dando os primeiros passos no piso asfaltado do bulevar com seus dois pares de trilhos a brilhar soturnamente, ouviu-se a primeira batida de uma concha de alumínio na sua frigideira. Durante alguns momentos, enquanto outras mulheres engrossavam o movimento com respeitoso acanhamento, o barulho manteve uma lenta e cadenciada batida, espécie de sinistra e funérea música vinda da cozinha. Mas, quando o grosso das manifestantes obedeceu ao chamado, aqueles primeiros instantes de solene ordenação desapareceram, com os intervalos preenchidos por novas batidas da retaguarda, até que os recessos da catedral, onde as pessoas vinham agora buscar a Deus em tranquila prece, reverberassem com a premência do estardalhaço doméstico.

As pessoas que estavam na manifestação podiam distinguir de perto os diversos timbres percutidos: o som surdo, a ecoar insipidamente, do alumínio no alumínio, o apelo mais marcial e agudo de madeira em alumínio, a voz surpreendentemente leve, de chamada ao rancho, da madeira no ferro, e o som pesado de britadeira, de alumínio no ferro. O barulho aumentara, envolvendo as mulheres à medida que iniciavam o movimento, estardalhaço amplificado por sua estranheza e falta de ritmo; insistente, opressivo, mais lancinante que um lamento fúnebre. Um grupo de rapazes postado na primeira esquina gritava palavrões e fazia gestos obscenos; mas o estardalhaço deixou-os com míseras caras de tacho, e seus insultos demonstraram não ter mais alcance que o brilho amarelado do poste sob o qual permaneciam.

As organizadoras esperavam, na melhor das hipóteses, algumas centenas de mulheres do conjunto habitacional Metalurg. No entanto, a barulheira infernal que seguia as reluzentes curvas dos trilhos do bonde 8 originava-se de milhares: do Juventude, Esperança e Amizade, do Estrela Vermelha, Gagárin e Vitória Futura, até mesmo do Lênin e do Estrela Vermelha. As que levavam velas sustinham-nas com o polegar, segurando com os demais dedos a panela ou frigideira que haviam trazido; e, quando a colher ou a concha, segura com outra mão, batia na panela, a chama da vela tremia, salpicando-lhes as mangas.

Elas não empunhavam faixas, nem gritavam palavras de ordem: isso era o que os homens faziam. Tinham a oferecer, em vez disso, o estardalhaço de uma bateria metálica, e um tapete de girassóis formado pelos rostos amarelecidos à luz das velas, que estremeciam a cada batida da percussão.

As mulheres saíram da rua Stanov e desembocaram na praça do Povo, onde as pedras úmidas do calçamento as escarneciam como uma enorme bandeja de pãezinhos doces reluzentes. Alcançaram o mausoléu à prova de bombas que guardava o corpo embalsamado do Primeiro Líder; a manifestação, porém, não parou ali nem aumentou de volume. Atravessou a praça em frente ao Museu Arqueológico, teve a audácia de evitar a Secretaria de Segurança do

Estado, agora requisitada e onde o velho, preocupado, sorria e aos poucos aproximava seu pé da linha branca, e foi contornar o elegante palácio neoclássico que até recentemente servira de sede ao Partido Comunista. Várias janelas do térreo tinham sido recém-recobertas de compensado, e num dos cantos do prédio um incêndio provocado com entusiasmo, mas de pequena monta, deixara um rastro negro que se estendia do segundo ao sétimo andar. Mas as mulheres não pararam nem ali, a não ser para que algumas cuspissem – uma prática que começara mais ou menos um ano antes, e que se tornara durante algum tempo uma necessidade nacional, a ponto de os bombeiros serem obrigados a limpar as pedras a jatos d'água ao final de cada dia, mas cuja popularidade agora estava em declínio. Ainda assim, um suficiente número de mulheres quis expressar seu desprezo pelo Partido Socialista (ex-Comunista), fazendo com que as que vinham atrás escorregassem nas pedras escumosas.

Aquele estardalhaço doméstico, ininterruptamente mantido, funéreo protesto pelos estômagos vazios da nação, passou pelo hotel Sheraton, onde os forasteiros ricos se hospedavam; alguns hóspedes ficaram ansiosos nas janelas, segurando as velas conforme lhes haviam aconselhado, velas de melhor qualidade que aquelas na rua embaixo. Quando compreenderam o motivo do protesto, alguns se recolheram a seus quartos, pensando na comida que haviam desperdiçado nos pratos durante o café da manhã: pequenos cubos de queijo branco local, um par de azeitonas, metade de uma maçã, um saquinho de chá usado apenas uma vez. A recordação de sua impensada prodigalidade ateara-lhes uma breve chama de culpa.

As mulheres tinham, agora, apenas uma pequena distância a percorrer até o prédio do parlamento, onde esperavam ser detidas por milicianos. Mas os soldados, intimidados pelo estardalhaço em marcha, já haviam recuado para trás dos grandes portões de ferro, que trancaram, deixando apenas dois deles do lado de fora, cada um numa guarita. Aqueles guardas eram jovens recrutas da província oriental, ostentando cortes de cabelo estupidamente recentes e limitada compreensão política; cada um segurava uma metralhadora em posição horizontal, na frente do peito, olhando com severidade por cima da cabeça das mulheres, como se estivesse contemplando um longínquo ideal. Mas as mulheres, por sua vez, ignoraram os soldados. Elas não tinham vindo para uma troca de insultos, para provocar ou buscar um pretexto para o martírio. Pararam a uns dez metros das guaritas, e a retaguarda teve a prudência de não ficar empurrando as que estavam na dianteira. Essa disciplina contrastava com a cacofonia retumbante por elas produzida, um som pulsante, percutido, faminto, ensurdecedor, que alcançou sua densidade máxima na hora em que as últimas manifestantes enchiam a praça. O barulho passava pelo gradil diante do prédio do parlamento, esgueirava-se pela ampla escadaria acima e quase punha abaixo as douradas portas duplas. Deixou de respeitar todas as normas ou regras do debate ao penetrar estrepitosamente na Câmara dos Deputados, abafando uma discussão sobre reforma agrária e obrigando um representante do Partido Agrícola Camponês a voltar para o seu assento. Os deputados estavam muitíssimo iluminados, graças ao fornecimento de energia elétrica de emergência, e deram mostras, pela primeira vez na vida, de ficarem constrangidos com sua eminência; permaneceram sentados em silêncio, olhando-se de vez em quando um para o outro, enquanto o enorme protesto sem palavras, mas cheio de argumentos, invadia o palácio onde trabalhavam. Do lado de fora, as mulheres batiam suas colheres e conchas nas panelas e frigideiras, madeira contra alumínio, madeira contra ferro, alumínio contra ferro, alumínio contra si próprio. As velas se haviam consumido, e o espermacete escorria agora, quente, pelos polegares que as seguravam, mas, não obstante, a barulheira e as chamas tremeluzentes prosseguiam. Ninguém descambou em palavrório algum, pois era tão somente isso o que elas vinham ouvindo, palavras, palavras, palavras intragáveis e indigestas palavras – havia meses e meses e meses. Resolveram, então, falar por intermédio do metal, embora não com o metal que comumente se fazia ouvir nessas ocasiões, o metal que deixava mártires. Sem palavras falavam elas; discutiam, berravam, exigiam e argumentavam sem palavras; suplicavam e choravam sem palavras. Foi o que fizeram durante uma hora, e então, como que obedecendo a um sinal secreto, começaram a deixar a praça defronte do prédio do parlamento. Não pararam com o estardalhaço, contudo; ao contrário, a grande barulheira sacudiu-se como um boi que se levanta. Em seguida, as manifestantes começaram a se dispersar no centro da cidade e a se dirigir aos conjuntos habitacionais, distantes dos bulevares: de volta ao Metalurg e ao Gagárin, ao Estrela Vermelha e ao Vitória Futura. Era fragorosa a barulheira ao descer as avenidas mais largas, tilintando nas vielas, diminuindo à medida que se afastava; eventualmente, topava consigo mesma nas esquinas, metálica e assustada, como um par de címbalos baratos.

O velho no sexto andar da Secretaria de Segurança do Estado, que fora requisitada, encontrava-se agora na sua mesa de jogo, comendo uma costeleta de porco e lendo a edição matutina do *Verdade*. Ouvira uma fração do estardalhaço vindo dos lados da sede do Partido Socialista (ex-Comunista). Parou de comer para registrar sua estrepitosa aproximação, seu incipiente clímax, seu dispersivo afastamento. O rosto do velho se encontrava totalmente iluminado pela lâmpada da mesa. A três metros de distância, o miliciano de plantão supôs que Stoyo Petkanov estivesse sorrindo de uma charge no jornal.

Peter Solinsky e sua mulher, Maria, moravam num pequeno apartamento no conjunto da Amizade (bloco 307, escada 2), ao norte dos bulevares. Haviam-lhe oferecido acomodações mais amplas ao ser nomeado procurador-geral, mas não aceitara. Pelo menos no momento: não seria nada hábil de sua parte aceitar qualquer favor evidente do novo governo, ao mesmo tempo em que instaurava um processo contra o anterior por abuso generalizado de privilégios. Maria achou absurdo tal argumento. O procurador-geral não deveria morar naquele pardieiro de três quartos, adequado a um professor de direito, e esperar que sua mulher andasse de ônibus. Além disso, era certo que a polícia secreta, em diversas ocasiões, plantara ali aparelhos de escuta. Já estava farta de ter suas conversas e, Deus sabe como, suas eventuais relações sexuais escutadas por algum idiota, com cara de imbecil, dentro de um porão mofado qualquer.

Solinsky mandara fazer uma varredura no apartamento. Os dois homens de casaco de couro curto sacudiram a cabeça, com ar de entendidos, ao desatarraxarem o telefone; mas a pequena descoberta deles não satisfez Maria. Era provável que quem o colocou ali tivessem sido eles próprios, comentou ela. E estava claro que existiam mais: o do telefone fora feito sob encomenda para que o achassem e depois se julgassem seguros. Acontece que sempre haveria alguém interessado em saber o teor da conversa do procurador-geral, depois que voltasse do trabalho para casa. Nesse caso, argumentou Peter, dotarão qualquer apartamento novo para o qual mudarmos de equipamento até mais avançado, e, sendo assim, qual a vantagem?

Entretanto, havia outras razões por que Peter preferia permanecer onde morara durante os últimos nove anos. As janelas dos apartamentos de número par do seu bloco davam para o norte, na direção de uma série de morros baixos que, segundo os teóricos militares, haviam constituído uma boa defesa contra os dácios, quando da fundação da cidade, cerca de dois milênios atrás. A elevação mais próxima, que Peter mal conseguia distinguir acima de uma camada de ar espesso e parado, abrigava a estátua da Eterna Gratidão ao Exército Vermelho de Libertação. Um soldado de bronze, heroico, o pé esquerdo avançando com firmeza, a cabeça olhando nobremente para cima, e a mão direita brandindo ainda mais alto um rifle com uma reluzente baioneta. Em volta do pedestal, metralhadoras de bronze, em baixo-relevo, defendiam sua posição com feroz idealismo.

Solinsky visitara com frequência a estátua em criança, quando seu pai ainda merecia a confiança do regime. Menino sério e gordinho em seu engomado uniforme de Pioneiro Vermelho, o ritual do Dia da Libertação sempre o comovia, bem como o do Dia da Revolução de Outubro e o Dia do Exército Soviético. A banda de metais, mais reluzente que a baioneta de bronze espetando o céu, vomitava sua música soturna. O embaixador soviético e o comandante das Fraternais Forças Armadas Soviéticas depositavam coroas do tamanho de pneus de tratores, seguidos do presidente e do chefe das Forças Patrióticas de Defesa; em seguida, os três recuavam juntos, ombro a ombro, de maneira desajeitada, como se temessem um inesperado degrau a suas costas. A cada ano, Peter se sentira orgulhoso e adulto; a cada ano, acreditara com mais firmeza na solidariedade entre as nações socialistas, no seu progresso, na sua inevitável e científica vitória.

Até alguns anos atrás, era comum os casais, no dia do seu casamento, fazerem uma peregrinação a Aliosha, como era conhecido; costumavam ficar a seus pés, em meio a lágrimas e rosas, comovidos com a momentânea e grave conexão entre o pessoal e o histórico. Nos últimos anos, esse hábito havia cessado, ao ponto de as únicas visitas, exceto nos dias de comemorações especiais, serem turistas russos. Talvez, ao depositarem algumas flores junto ao pedestal, se sentissem cheios de virtude, imaginando a gratidão das nações liberadas.

O sol da manhã e do fim da tarde lançava um foco de luz sobre o distante Aliosha, diante da cidade. Peter Solinsky gostava de ficar sentado na sua pequena escrivaninha ao lado da janela, esperando até distinguir um lampejo de luz na baioneta do soldado. A seguir, levantava os olhos e pensava: foi o que por cinquenta anos esteve fincado nas entranhas da minha pátria. Agora, sua tarefa era ajudar a tirá-lo.

O réu no Processo Crime Número 1 fora informado de que um encontro preliminar com o procurador-geral Solinsky seria realizado às dez horas. Stoyo Petkanov já estava, portanto, acordado às seis, preparando sua tática e suas exigências. Era importante sempre tomar a iniciativa.

Como naquela primeira manhã de sua prisão, por exemplo. Eles o haviam detido, de modo totalmente ilegal, sem mencionar quaisquer acusações, trazendo-o para a Secretaria de Segurança do Estado, rebatizada com algum nome burguês. Um miliciano de escalão mais alto lhe havia mostrado uma cama e uma mesa, apontando para uma linha branca em semicírculo no chão que contornava a janela, e entregando-lhe em seguida uma porção de confete. Foi o que, de qualquer forma, ele achou que era, e como tal foi tratado.

– O que é isso? – perguntou ele, jogando as folhas de cartões coloridos em cima da mesa.

– São seus cupons de racionamento.

– Quer dizer que vocês vão fazer a gentileza de permitir que eu saia para entrar na fila?

– O procurador-geral Solinsky chegou à conclusão de que, já que o senhor é agora um cidadão comum, naturalmente deverá sujeitar-se aos apertos temporários pelos quais estão passando todos os cidadãos comuns.

– Percebo... Mas então o que devo fazer exatamente? – perguntou Petkanov, num arremedo de submissão senil. – O que me é permitido?

– Estes são seus cupons de queijo, esses de queijo amarelo, esses de farinha de trigo. – O soldado pegou prestativamente várias folhas.

– Manteiga, pão, óleo de cozinha, sabão em pó, gasolina...

– Não vou precisar de gasolina, imagino eu. – Petkanov deu um risinho que convidava a uma reação de cumplicidade. – Talvez você...? – Mas o oficial já se estava encolhendo todo. – Claro que não, compreendo. Isso só os levaria a acrescentar às outras a acusação de tentativa de suborno a um membro das Forças Patrióticas de Defesa, não levaria?

O miliciano não respondeu.

– Mas de qualquer maneira – prosseguiu Petkanov, como alguém pretextando aprender um novo jogo –, de qualquer maneira me mostre como funciona.

– Cada cupom representa o fornecimento, de uma semana, dos bens listados no próprio cupom. O senhor é responsável pelo ritmo de consumo dos bens racionados.

– E salsichas? Não as vejo aqui. Minha adoração por salsichas é bem conhecida. – Ele mais parecia estar perplexo que reclamando.

– Não há cupons para salsichas. O fato é, meu senhor, que não existem salsichas nas lojas, e seria inútil, portanto, emitir cupons para elas.

– Lógico – respondeu o ex-presidente. Ele começou a destacar um cupom de cada folha colorida. – Não vou precisar de gasolina, por razões óbvias. Traga-me o resto. – E estendeu bruscamente o confete para o oficial.

Uma hora depois, um soldado voltou com um pão de forma, 200 gramas de manteiga, um pequeno repolho, duas almôndegas, 100 gramas de queijo branco e 100 gramas de queijo amarelo, meio litro de óleo de cozinha (fornecimento de um mês), 300 gramas de sabão em pó (idem) e meio quilo de farinha. Petkanov pediu-lhe que os pusesse em cima da mesa e que trouxesse uma faca, um garfo e um copo d'água. Em seguida, sob o olhar formal dos dois milicianos, comeu as almôndegas, o queijo branco e o queijo amarelo, o repolho cru, o pão e a manteiga. Afastou o prato, olhando de relance para o sabão em pó, farinha e o óleo de cozinha, e em seguida foi até sua estreita cama de ferro e se deitou.

No meio da tarde, o miliciano de escalão superior voltou. De certo modo confuso, como se a culpa parcialmente lhe coubesse, comunicou ao prisioneiro inerte:

– O senhor parece não ter compreendido. Como eu expliquei...

Petkanov jogou suas pernas curtas para fora da cama, em cima das tábuas barulhentas, e marchou os poucos metros que o separavam do oficial. Chegou muito perto dele e espetou com força o uniforme verde acinzentado, logo abaixo da clavícula esquerda. Em seguida, espetou de novo. O miliciano recuou, não tanto em virtude da investida do dedo, mas devido ao fato de pela primeira vez olhar de perto um rosto que dominara toda sua vida pregressa; rosto que agora de modo fanfarrão crescia para ele.

– Coronel – começou o ex-presidente –, não pretendo usar meu sabão em pó. Não pretendo usar meu óleo nem minha farinha. Já deve ter reparado que eu não sou uma *baba* num prédio de apartamentos além dos bulevares. O pessoal que o senhor escolheu servir agora pode ter fodido com a economia para que vocês todos tenham de conviver com esse... *confete*. Mas quando o senhor servia a mim – ele frisou isso com outra dura espetadela –, quando era fiel a mim, à República Popular Socialista, deve se recordar de que havia comida nas lojas. Recordará que às vezes havia filas, mas nada dessa merda. Por isso vá embora, e de agora em diante traga-me rações socialistas. E pode dizer ao procurador-geral Solinsky que primeiro vá-se foder e segundo que, se ele quiser que eu coma sabão em pó pelo resto da semana, terá de arcar pessoalmente com as consequências.

O oficial bateu em retirada. Dali em diante, as refeições passaram a chegar normalmente para Stoyo Petkanov. Recebia iogurte toda vez que pedia. Por duas vezes teve até salsicha. O ex-presidente fazia piadas sobre sabão em pó para seus guardas, e cada vez que a comida chegava dizia a si mesmo que nem tudo estava perdido, e pior para eles por o terem subestimado.

Obrigou-os também a ir buscar seu gerânio selvagem. Por ocasião de sua prisão ilegal, os soldados tinham-no obrigado a deixá-lo para trás. Mas todo o mundo sabia que Stoyo Petkanov, fiel ao solo de sua pátria, dormia com um gerânio selvagem debaixo da cama. Todo mundo sabia disso. Assim, depois de um ou dois dias, eles se renderam. Ele podou a planta com sua tesoura de unhas para que coubesse sob o catre baixo da prisão, e desde então dormiu melhor.

Agora ele estava à espera de Solinsky. Permanecia a dois metros da janela, com o pé em cima da linha branca. Algum incompetente tentara pintar um semicírculo liso sobre as tábuas de pinho, mas seu braço tremera, de medo ou devido à bebida, ao passar hesitantemente sua brocha. Será que estavam realmente preocupados com um atentado contra sua vida, como alardeavam? Se fosse eles, teria torcido para que isso acontecesse, e o teria deixado ficar onde bem entendesse. Naqueles primeiros dias, porém, toda vez que o levavam de seu quarto, uma cena passava pela sua cabeça: uma parada súbita diante de alguma porta de metal suja no porão, algemas convenientemente abertas, um empurrão nas costas e um grito de "Corra!", ao qual ele reagiria instintivamente, e a seguir o baque final. Por que razão não o haviam feito era algo que não conseguia imaginar; e a indecisão deles deu-lhe mais um motivo de desprezo.

Ouviu o miliciano bater os calcanhares quando Solinsky chegou, mas não virou a cabeça. De qualquer maneira, sabia o que esperar: um menino gordinho, seboso, num terno italiano luzidio e com uma expressão insinuante na cara, contrarrevolucionário filho de um contrarrevolucionário, um merda filho de um merda. Continuou a olhar pela janela durante mais alguns segundos, e em seguida disse, sem se dignar a desviar o olhar:

– Então, agora até mesmo suas mulheres estão fazendo protesto.

– É um direito delas.

– Quem serão os próximos? As crianças? Os ciganos? Os retardados?

– É um direito deles – repetiu Solinsky equilibradamente.

– Pode ser direito deles, mas o que significa isso? Um governo que não consegue manter suas mulheres na cozinha está fodido, Solinsky, fodido.

– Bem, nós veremos, não é?

Petkanov balançou a cabeça para si mesmo, virando-se finalmente.

– Seja como for, como vai você, Peter? – Veio estender, apressado, a mão ao procurador-geral. – Não nos vemos há muito tempo. Parabéns pelo seu... sucesso recente. – Deixara de ser um menino, teve de admitir para si mesmo, e já não era gordo: pálido, mais para magro, limpo; o cabelo começando a exibir entradas. Por enquanto, parecia totalmente seguro de si. Bem, isso haveria de mudar.

– Não nos vemos – retrucou Solinsky – desde que confiscaram minha carteira do partido e me denunciaram no *Verdade* como simpatizante fascista.

Petkanov riu com gosto.

– Isso não parece ter-lhe prejudicado. Ou gostaria de pertencer ainda hoje ao partido? As filiações ainda não estão encerradas, sabia?

O procurador-geral sentou-se à mesa e colocou as mãos na pasta de papel-manilha à sua frente.

– Fiquei sabendo que você tentou recusar seus advogados.

– Certo. – Petkanov permaneceu de pé, julgando ser essa uma tática acertada.

– Acho aconselhável...
– Aconselhável? Passei trinta e três anos criando essas leis, Peter, e sei o que significam.
– Mesmo assim, a defensora pública Milanova e a defensora pública Zlatarova foram designadas pelo tribunal para a sua defesa.
– Mais mulheres! Diga a elas que não se incomodem.
– Mandaram-nas comparecer diante do tribunal e agirão de acordo.
– Veremos. E como vai seu pai, Peter? Não muito bem, pelo que ouço falar.
– O câncer está muito adiantado.
– Sinto muito. Mande um abraço da minha parte da próxima vez que estiver com ele.
– Duvido muito.

O ex-presidente observou as mãos de Solinsky: eram magras, cobertas de pelo negro até o nó dos dedos médios; pontas de dedos ossudas, descarnadas, tamborilavam nervosamente na cartolina. Petkanov continuou deliberadamente a forçar as coisas.

– Peter, Peter, seu pai e eu somos velhos companheiros. Como vão as abelhas dele, por falar nisso?
– As abelhas?
– Seu pai cria abelhas, parece.
– Já que pergunta, também estão doentes. Muitas nascem sem asas.

Petkanov soltou um grunhido, como se aquele fato atestasse um desvio ideológico da parte delas.

– Lutamos juntos contra os fascistas, seu pai e eu.
– E aí você o expurgou.
– Não se constrói o socialismo sem sacrifícios. Seu pai já entendeu isso. Antes de começar a sacudir sua consciência como se sacudisse seu pau.
– Você deveria ter interrompido o raciocínio antes.
– Onde?
– *Não se constrói o socialismo.* Deveria ter parado aí. Bastaria.

– Então você planeja me enforcar. Ou prefere o pelotão de fuzilamento? Preciso perguntar às minhas ilustres defensoras o que foi decidido. Ou será que esperam que eu me atire desta janela aqui? Será por isso que estou proibido de me aproximar dela, até chegar o momento certo?

Quando Solinsky recusou-se a responder, o ex-presidente sentou-se pesadamente diante dele.

– Baseado em que leis está me acusando, Peter? As leis de vocês ou as minhas leis?

– Ah! As suas leis. A sua constituição.

– E de que me achará culpado? – O tom era vigoroso e, não obstante, conspiratório.

– Eu deveria achar você culpado de muitas coisas. Roubo. Desvio de verbas estatais. Corrupção. Especulação. Crimes monetários. Enriquecimento ilícito. Cumplicidade no assassinato de Simeon Popov.

– Eu nem sabia disso. Aliás, pensei que tivesse morrido de um ataque do coração.

– Cumplicidade na tortura. Cumplicidade na tentativa de genocídio. Várias conspirações para distorcer o cumprimento da justiça. As acusações levantadas de fato contra você serão anunciadas nos próximos dias.

Petkanov grunhiu como se estivesse avaliando uma oferta de negócio.

– Nenhum estupro, pelo menos. Pensei que fosse esse o motivo da manifestação daquelas mulheres, já que, segundo o procurador-geral Solinsky, eu as estuprei todas. Mas, pelo que percebi, protestavam apenas contra o fato de haver agora menos comida nas lojas do que durante qualquer período anterior, sob o Socialismo.

– Não estou aqui – respondeu asperamente Solinsky – para discutir as dificuldades inerentes à mudança de uma economia controlada para uma economia de mercado.

Petkanov deu um risinho.

– Parabéns, Peter. Dou-lhe os meus parabéns.

– Por quê?

– Por essa frase. Ouvi a voz de seu pai falando. Tem certeza de que não quer voltar para nossa rebatizada organização?
– Voltarei a falar com você diante do Tribunal.

Petkanov prosseguiu com sua risadinha enquanto o procurador juntava seus papéis e se retirava. Em seguida, aproximou-se do jovem miliciano que estivera presente durante toda a entrevista.

– Gostou, meu jovem?
– Eu não ouvi nada – respondeu o soldado, da maneira mais improvável possível.
– Existem dificuldades que são inerentes à mudança de uma economia controlada para uma economia de mercado – repetiu o ex-presidente. – Não há comida na porra das lojas.

Será que o fuzilariam? Bem, o terreno estava limpo. Não, provavelmente não o fariam: não tinham colhões. Ou melhor, eram suficientemente espertos para não fazer dele um mártir. Muito melhor desacreditá-lo. E era o que ele não os deixaria fazer. Haveriam de armar o julgamento à maneira deles, da maneira que mais lhes conviesse, mentindo, trapaceando, falsificando testemunho, mas ele talvez também tivesse algumas cartas na manga para mostrar-lhes. Não iria desempenhar o papel que lhe fora atribuído. Era outro o roteiro que tinha em mente.

Nicolae. Fuzilaram-no. Ainda por cima, no dia de Natal. Sim, mas no calor da briga. Expulsaram-no do palácio, seguiram seu helicóptero, seguiram seu carro, arrastaram-no diante do que ridiculamente chamaram de tribunal popular, condenaram-no pelo assassinato de 60 mil pessoas, fuzilaram-no, fuzilaram os dois, Nicolae e Elena, sem mais nem menos. Crave uma estaca no vampiro, foi o que alguém dissera, crave uma estaca no vampiro antes que o sol se ponha e ele aprenda a voar de novo. Tinha sido isso, medo. Não fora a ira popular, ou seja lá que nome lhe haviam dado para a mídia ocidental, fora simplesmente cagaço. Crave a estaca, rápido, isto aqui é a Romênia, crave a estaca no coração, prenda-o. Bem, nada os impedia.

E, em seguida, a primeira coisa que fizeram em Bucareste foi praticamente produzir um desfile de modas. Ele vira na televisão, piranhas exibindo seus seios e pernas, e uma estilista qualquer fazendo pouco caso da elegância de Elena, informando a todo mundo que a mulher do Timoneiro tinha "mau gosto", rotulando seu estilo de vestir como "típico camponês". Petkanov recordava aquela frase e sua entonação. Então é assim que estamos agora, ou seja, igualzinho a como estávamos antes, com piranhas burguesas e pretensiosas a debochar do modo de vestir do proletariado. Qual a necessidade de roupas para um homem? Só para aquecê-lo e cobrir sua vergonha. Era sempre fácil constatar quando um companheiro revelava tendências desviacionistas: pegava um avião, ia comprar um terno brilhoso na Itália e voltava parecendo um gigolô ou pederasta. Exatamente como o camarada procurador-geral Solinsky após sua visita fraterna a Turim. Sim, aquele fora um negocinho engraçado. Ele ficou satisfeito de ter boa memória para essas coisas.

Gorbachev. Bastava olhar para as pessoas à sua volta para constatar que haveria problemas. Aquela mulher dele, de nariz torcido, com seus vestidos de Paris e cartão do American Express, e sua disputa com Nancy Reagan pelo posto de primeira-dama capitalista mais bem-vestida. Gorbachev não conseguia nem manter sua própria mulher na linha; então que chance teria de deter a contrarrevolução, depois de ela ter começado? Não que ele quisesse. Dava para perceber, com todos aqueles gigolôs que o acompanhavam em suas viagens, todos os seus assessores e representantes pessoais, e porta-vozes que mal podiam esperar uma viagem ao estrangeiro para arranjar logo algum alfaiate italiano que se agachasse em volta de suas pernas. Aquele porta-voz, como se chamava mesmo? Aquele que os capitalistas amavam, tinha um terno brilhoso. Aquele que afirmou que a doutrina Brejnev estava morta. Aquele que afirmou que fora substituída pela doutrina Frank Sinatra.

Esse tinha sido outro momento em que ele percebera que tudo estava fodido. A doutrina Sinatra. Fiz da minha maneira. Mas só havia uma maneira, um caminho científico para o marxismo-leninismo.

Dizer que as nações do Pacto de Varsóvia tinham liberdade de fazer as coisas à sua maneira equivalia a dizer: já não nos importamos com o comunismo, vamos entregar tudo aos bandidos dos americanos, porra. E que frase escolheram. A doutrina Sinatra. Puxando o saco do Tio Sam desse jeito. E quem era Sinatra? Um italiano qualquer num terno brilhoso que vivia andando o tempo todo com a Máfia. Alguém diante do qual Nacy Reagan ficava de quatro. Sim, isso fazia sentido. Tudo começou com Frank Sinatra, essa porra toda. Sinatra fodeu Nancy Reagan na Casa Branca, é o que dizem, não é? Reagan não conseguia manter a mulher sob controle. Nancy competia com Raisa para ver quem era mais elegante. Gorbachev não conseguia manter a *sua* mulher na linha. E o porta-voz de Gorbachev diz que vamos todos seguir a doutrina Frank Sinatra. A doutrina Elvis Presley. A doutrina Hamburger do McDonald's. A doutrina do Mickey Mouse e do Pato Donald.

O seu Departamento de Segurança Exterior mostrara-lhe, certa vez, um documento passado pelos seus fraternos colegas da KGB. Era um relatório do FBI sobre a segurança do presidente americano, os níveis de sua proteção etc. Petkanov se lembrava sempre de determinado detalhe: o local onde o presidente americano mais se sentia seguro, e onde o FBI achava maior a sua segurança, era a Disneylândia. Nenhum assassino americano jamais sonharia em alvejá-lo ali. Seria um sacrilégio, seria um pecado contra os grandes deuses Mickey Mouse e Pato Donald. Era isso o que estava impresso num relatório do FBI comunicado ao Departamento de Segurança Exterior de Petkanov pela KGB, supondo que tal informação lhes pudesse interessar. A Petkanov isso confirmara a natureza infantil dos americanos, que dentro em breve estariam invadindo e comprando todo o seu país. Bem-vindo, Tio Sam, venha construir aqui uma grande Disneylândia para que seu presidente se sinta seguro, e você possa ouvir seus discos de Frank Sinatra e rir de todos nós porque acha que somos camponeses ignorantes que não sabem se vestir.

Eles tinham de assistir àquilo, insistiu Vera. Os quatro juntos: Vera, Atanas, Stefan e Dimíter. Tratava-se de um grande momento da história do seu país, um adeus à infância cruel, e à triste e aflita adolescência. Era o fim das mentiras e das ilusões; agora chegara a época em que era possível encarar a verdade, quando tinha início a maturidade. Como poderiam eles estar ausentes? Além disso, estavam juntos desde o início, desde aquele distante, e ainda assim recente, mês, quando a coisa parecia quase uma brincadeira, um pretexto para os garotos se aproximarem de Vera e flertarem com ela em segurança. Haviam comparecido àquelas primeiras e ansiosas manifestações, inseguros em relação ao que lhes era permitido falar, até onde podiam ir. Haviam observado, marchado, gritado, enquanto tudo aquilo se tornava sério e extremamente apaixonante. Apavorante, também: estavam juntos quando aquele amigo de Pavel fora semiesmagado pelo carro blindado no bulevar da Libertação, quando os milicianos da guarda do palácio presidencial tinham perdido o autocontrole e começado a bater nas mulheres com seus rifles. Tinham corrido várias vezes de tiroteios, encagaçados, refugiando-se nos vãos das portas, dando-se os braços e procurando proteger Vera. Mas lá estavam também quando a coisa começou a parecer apenas uma questão de botar abaixo uma velha porta bichada e escangalhada, quando os soldados sorriam, piscavam os olhos e dividiam seus cigarros com eles. E não faltou muito para que soubessem que estavam ganhando, porque até mesmo alguns deputados do Partido Comunista começaram a querer dar as caras nas manifestações.

– Ratos abandonando o navio – comentara Atanas. – Malandros. – Ele estudava línguas, era beberrão e poeta, e gostava de alegar que seu ceticismo desinfetava as almas pestilentas dos outros três.

– Não podemos purificar a raça humana – disse-lhe Vera.

– Por que não?

– Sempre haverá oportunistas. Só precisamos ter certeza de que estão do nosso lado.

– Não os quero do meu lado.

– Eles não contam, Atanas, não importam. Mostram apenas quem está ganhando.

E a seguir, com um empurrão final na porta, Stoyo Petkanov se fora, de um dia para outro, sem que lhe fosse permitido fingir estar doente ou preparar sua sucessão, simplesmente despachado pelo Comitê Central para sua casa na província do Nordeste, com uma guarda de cinco homens para sua própria proteção. No início, aquele seu deputado oportunista, Marinov, tentara segurar o partido como uma organização reformista conservadora, mas dentro de poucas semanas suas incompatibilidades o tinham lançado ao pelourinho. Em seguida, os acontecimentos começaram a perder o foco, como raios numa roda de bicicleta; o boato improvável de ontem se transformava na notícia já velha de amanhã. O Partido Comunista votou por que fosse abolido seu papel dirigente no desenvolvimento político e econômico da nação, trocou de nome para Partido Socialista, conclamou à formação de uma Frente de Salvação Nacional, englobando todas as principais organizações políticas e, quando isso foi derrotado, conclamou à realização de eleições o mais breve possível. O que não desejavam os partidos de oposição, pelo menos não ainda, já que sua estrutura era rudimentar e os socialistas (ex-comunistas) ainda controlavam o rádio e a televisão estatais e a maioria das editoras e gráficas, mas a oposição teve de assumir um risco, obtendo representantes suficientes para empurrar os socialistas (ex-comunistas) para uma posição defensiva, apesar de os socialistas (ex-comunistas) ainda deterem a maioria, o que os comentaristas ocidentais achavam incompreensível, e o governo ainda insistia em convidar os partidos de oposição a aderir pela salvação do país, mas os partidos oposicionistas insistiam em dizer: Não, *vocês* foderam o país, vocês que o consertem e, se não conseguirem consertar, renunciem, e em seguida as coisas foram indo aos trambolhões, com meias reformas, alterações, insultos e frustrações, mercado negro e carestia, e mais meias reformas, de maneira que nada daquilo foi heroico, pelo menos não da maneira como alguns haviam antecipado – um valente hussardo cortando com seu sabre os grilhões da escravidão; ao contrário, era apenas heroico da maneira como trabalhar podia ser heroico. Vera achou que fora como obrigar a mão fechada com força há meio século a abrir seus dedos, mão que segurava uma pinha dourada. Afinal a pinha se viu livre, muito amassada, em más condições, bastante manchada pelo suor de anos; mas mesmo assim seu peso ainda era o mesmo, e sua beleza tão estimada quanto antes.

A última parte desse processo – o fim do começo – seria constituída pelo julgamento de Petkanov. Por isso Vera insistiu que os quatro fossem testemunhas oculares. Se não conseguissem entrar nas dependências do tribunal, poderiam assistir ao julgamento pela televisão. A cada minuto dele, cada minuto da súbita transição do país, de uma adolescência imposta a uma maturidade que tardava.

– E os cortes? – perguntou Anatas.

Isso era um problema. A cada quatro horas – a não ser quando a cada três – havia um corte de energia elétrica que durava uma hora – a não ser quando durava duas. Os cortes seguiam um rodízio por bairro. Vera morava no mesmo setor de distribuição de eletricidade que Stefan, e isso não ajudava nada. Atanas morava a uns vinte minutos de ônibus, para além dos bulevares meridionais. O bairro de Dimíter era mais perto, uns quinze minutos a pé, oito correndo. Por isso começariam na casa de Stefan (ou na de Vera, quando os pais de Stefan já estivessem fartos deles), mudariam para a casa de Dimíter como primeira alternativa, e numa emergência – se todos os outros estivessem às escuras – tomariam um ônibus para a casa de Atanas.

Mas e se a energia elétrica fosse cortada no meio do julgamento, no exato momento em que Petkanov estivesse contorcendo-se todo e o promotor lá firme, dizendo-lhe como ele tapeara o país, mentira e roubara, oprimira e matara? Perderiam quase dez minutos de transmissão se fossem correndo até a casa de Dimíter. Ou pior, vinte minutos até chegar à de Atanas.

– Quarenta – ponderou Atanas. – Levando em conta a falta de combustível e os enguiços dos ônibus, é isso o que você tem de calcular hoje em dia. Quarenta minutos!

Foi Stefan, o engenheiro, quem encontrou a solução. Toda manhã, a Companhia Estatal de Eletricidade publicava sua relação das "interrupções", o termo neutro pelo qual as designava, para as próximas trinta e seis horas. O plano, portanto, ficou assim. Digamos que estivessem assistindo na casa de Vera e um corte de energia tivesse sido anunciado para uma determinada hora. Dois deles se dirigiriam ao apartamento de Dimíter, com dez ou quinze minutos de antecedência. Os outros dois assistiriam até a imagem sumir, seguindo então para lá. Ao final de cada dia de transmissão, cada equipe contaria à outra os dez minutos mais ou menos que havia perdido. Ou os quarenta minutos, se tivesse de ir para além dos bulevares meridionais.

– Espero que o enforquem – desabafou Dimíter um dia antes de começar o julgamento.

– Fuzilem – preferiu Atanas. – *Pou-pou-pou-pou.*

– Espero que fiquemos sabendo a verdade – disse Vera.

– Espero que o deixem falar bastante – disse Stefan. – Que só lhe façam perguntas simples, que admitam respostas simples, e então o ouçam botar para fora a merda toda. Quanto você roubou? Quando foi que ordenou o assassinato de Simeon Popov? Qual o número da sua conta na Suíça? Que lhe perguntem coisas assim, e vejam como não consegue responder a uma só pergunta.

– Quero ver filmes sobre seus palácios – disse Dimíter. E retratos de todas as suas amantes.

– Não sabíamos que ele tinha amantes – disse Vera. – De qualquer maneira, isso não é importante.

– Quero saber exatamente o perigo que nossas centrais nucleares representam – disse Stefan.

– Quero saber se ele autorizou pessoalmente o Departamento de Segurança Exterior a julgar e matar o Papa – disse Dimíter.

– Quero saber quanto nos cabe da dívida, quanto cada um de nós deve – disse Stefan.

– *Pou-pou-pou* – continuou Atanas. – *Pou-pou-pou.*

Uma semana antes da abertura do Processo Crime Número 1 na Suprema Corte, o ex-presidente Stoyo Petkanov mandou uma carta aberta à Assembleia Nacional. Pretendia defender-se vigorosamente, tanto diante do povo quanto do Parlamento, na imprensa e na televisão, até o instante em que as tendências fascistas atuantes no momento conseguissem amordaçá-lo. Sua carta dizia o seguinte:

Estimados Representantes Nacionais,
Determinadas circunstâncias obrigam-me a dirigir-lhes esta carta. Circunstâncias que me levam a acreditar que certas pessoas desejam transformar-me num meio de satisfazer seus próprios interesses políticos e ambições pessoais. Gostaria de declarar que não farei o jogo de nenhum grupo político.

Pelo que sei, apenas um único chefe de Estado foi julgado e condenado na história moderna até hoje: o imperador Bokassa, na África, condenado por conspiração, assassinatos e canibalismo. Serei o segundo.

Quanto à minha responsabilidade, devo dizer-lhes mesmo agora, em sã consciência e após um balanço de minha vida fruto de longa reflexão, que como líder político e chefe de Estado do meu país há 33 anos assumo, na maior parte, a responsabilidade por tudo quanto foi feito. As coisas boas superaram as más? Vivemos na escuridão e na desesperança durante todos esses anos? Terão as mães dado à luz filhos? Éramos calmos ou nervosos? O povo tinha metas e ideias? Já não tenho, agora, o direito de julgar tudo isso sozinho.

As respostas a essas perguntas só podem vir do nosso próprio povo e da nossa história. Estou certo de que serão juízes severos. E também estou convencido de que serão justos, rejeitando tanto o niilismo político como a desqualificação total.

Tudo o que fiz foi na crença de se tratar do melhor para meu país. Incorri em erros no caminho, mas não cometi crimes contra meu povo. É por esses erros que aceito a responsabilidade política.
3 de janeiro

Respeitosamente,
Stoyo Petkanov

À semelhança da maioria de seus contemporâneos, Peter Solinsky cresceu dentro do partido. Pioneiro vermelho, jovem socialista, e, depois de pleno direito membro do partido, ganhou sua carteira pouco antes de seu pai ser vítima de um dos expurgos rotineiros de Petkanov e o exilarem no campo. Houve uma rude troca de palavras entre eles, de início, já que Peter, com toda a autoridade da juventude, sabia ser o partido sempre maior que o indivíduo, e isso se aplicava ao caso de seu pai, tanto quanto ao de qualquer outra pessoa. O próprio Peter havia ficado naturalmente sob suspeita durante algum tempo; e reconhecia que, naqueles dias sombrios, o fato de ser marido da filha de um herói da Resistência Antifascista lhe dera alguma proteção. Lentamente ele voltou às boas graças do partido; certa vez, chegaram a mandá-lo a Turim como integrante de uma delegação comercial. Haviam-lhe fornecido moeda estrangeira e dito que a gastasse; sentira-se privilegiado. Não permitiram, compreensivelmente, que Maria o acompanhasse.

Aos quarenta, foi nomeado professor de direito na segunda universidade da capital. O apartamento no Amizade 3 pareceu-lhes, então, luxuoso; tinham um carro pequeno e um chalé na floresta de Ostova; tinham acesso limitado, porém regular, às lojas especiais. Angelina, a filha deles, era alegre, mimada, e feliz pelo fato de ser mimada. O que impedia que essas soluções para a vida dele não bastassem? O que o transformara – conforme assinalou o *Verdade* naquela mesma manhã – num parricida político?

Recapitulando, ele achava que a coisa começara com Angelina, com seus *porquês*.

Não se tratava dos *porquês* confiantes e ritualistas de uma garota de quatro anos (por que é domingo? por que vamos? por que um táxi?), mas de *porquês* ponderados e inquisitivos de uma criança de dez. Por que havia tantos soldados quando não havia guerra? Por que havia tantos pés de abricó no campo e nunca havia abricós nas lojas? Por que há uma névoa sobre a cidade no verão? Por que toda aquela gente mora num terreno baldio para lá dos bulevares orientais? As perguntas não eram perigosas, e Peter respondera-as com bastante facilidade. Porque estão aqui para nos proteger. Porque os vendemos no exterior para conseguir divisas de que precisamos. Porque há muitas fábricas trabalhando a pleno vapor. Porque os ciganos gostam de viver daquela maneira. Angelina sempre se dava por satisfeita com as respostas. Eis a razão do trauma. Não fora ele o caso típico do pai empurrado para a dúvida pelas formidáveis perguntas de uma criança inocente; o que mexera com ele fora a aceitação passiva por parte de uma criança inocente de respostas que ele sabia serem, na melhor das hipóteses, desculpas plausíveis. O alegre conformismo dela perturbou-o profundamente. Quando ele não conseguia dormir e se atormentava no escuro, a situação de Angelina tomava vulto até se transformar em algo sintomático do país inteiro. Será que um país podia perder seu ceticismo, sua capacidade de acalentar saudáveis dúvidas? E se o músculo da contradição sofresse uma atrofia por falta de exercício?

Mais ou menos um ano depois, Peter Solinsky descobriu que tais temores eram por demais pessimistas. Os céticos e os oposicionistas adotavam a tática de ficar calados na presença dele, porque tinham inequívocas suspeitas a seu respeito. Mas não deixava de existir gente que queria começar de novo, que preferia fatos a ideologia, que desejava ver, primeiro, as pequenas verdades comprovadas, antes de partir para as mais amplas. Quando Peter percebeu que havia muita gente assim, capaz de pressionar a maioria acomodada a agir, sentiu como se a névoa de poluição se estivesse dissipando de sua alma.

Tudo começara numa cidade média, na fronteira setentrional com o mais próximo aliado socialista. Ali corria um rio entre os dois países, um rio onde há anos não se pescava sequer um peixe. As árvores acima da cidade cresciam tortas e permaneciam pequenas, raramente cobrindo-se de folhas. Os ventos dominantes traziam um ar untuoso e encardido do outro lado do rio, proveniente de outra cidade média, na fronteira meridional do mais próximo aliado socialista. Crianças sofriam de doenças respiratórias desde muito pequenas; as mulheres embrulhavam os rostos em cachecóis antes de sair para fazer compras; nos consultórios médicos, via-se uma porção de gente de pulmão queimado e olhos afetados. Até que um dia um grupo de mulheres fez um protesto na capital. E já que o aliado socialista mais próximo andava, por sorte delas, momentaneamente malvisto por se comportar de modo pouquíssimo fraterno em relação a uma de suas minorias étnicas, a carta ao Ministério da Saúde virara um pequeno parágrafo no *Verdade*, a merecer no dia seguinte uma alusão simpática de algum membro do Politburo.

Assim, um pequeno protesto transformou-se num movimento local e depois no Partido Verde, cuja existência foi permitida como um agrado a Gorbachev, ao mesmo tempo em que era severamente instruído a não se ocupar de mais nada além dos problemas ambientais, e de preferência daqueles que pudessem causar constrangimento ao aliado socialista mais próximo. Em consequência, três mil pessoas aderiram ao novo movimento, começando a entender os meandros dos canais políticos competentes: do secretário regional ao secretário provincial, ao Departamento do Comitê Central, ao deputado, ao ministro, ao Politburo, até aos caprichos presidenciais; da árvore morta ao vivíssimo plano quinquenal. Quando o Comitê Central percebeu o perigo, afirmando que ser membro dos verdes era incompatível com o socialismo e o comunismo, Peter Solinsky e milhares como ele já ligavam mais para seu novo partido que para o antigo. Era tarde demais, então, para um expurgo; tarde demais para impedir que llia Banov, aquele esperto e fotogênico ex-comunista que se transformara no líder dos verdes, conquistasse uma popularidade de âmbito nacional; tarde demais para evitar as eleições que Gorbachev impingira aos países socialistas; tarde demais, conforme dissera Stoyo Petkanov aos onze do Politburo, numa sessão de emergência, para evitar que a porra da caldeira explodisse.

A opinião particular de Maria Solinska – e suas opiniões tendiam cada vez mais a serem particulares – era que o Partido Verde era um bando de silvícolas cretinos, marginais anarquistas e simpatizantes fascistas; que deviam ter posto llia Banov num avião para a Espanha de Franco trinta anos atrás; e que seu marido Peter, que levara tanto tempo lutando para conseguir um bom emprego e um apartamento decente, tendo conseguido esquivar-se da sombra maligna de seu pai desviacionista em grande parte graças à presença dela, estava perdendo o pouco senso político que já tivera, ou então atravessando uma crise de meia-idade, e muito possivelmente os dois.

Ficou quieta enquanto algumas pessoas que conhecia renegavam as crenças que alguns meses antes defendiam com tanta fidelidade; observou a furiosa alegria das multidões e cada bulevar da cidade exalar um cheiro de vingança, como se fosse um cheiro acre de suor. Ela se recolheu cada vez mais à sua vida com Angelina. Às vezes tinha inveja da criança ao vê-la aprendendo coisas simples e certas como a matemática e a música, e gostaria de poder acompanhá-la. Mas teria de aprender também os novos dogmas políticos, as novas ortodoxias que se incorporam rápido ao ensino do colégio.

Contudo, na primeira manhã do Processo Crime Número 1, quando seu marido lhe veio dar um beijo de despedida, sentiu uma emoção qualquer dentro de si que a fez esquecer as rápidas traições e as lentas decepções dos últimos anos. Assim, Maria Solinska retribuiu o beijo de Peter e, com uma afetuosa meticulosidade que não demonstrava havia algum tempo, ajeitou as extremidades do cachecol que ele enfiara depressa sob as suas lapelas viradas.

– Tome cuidado – disse ela, no momento de ele partir.

– Cuidado? Claro que terei cuidado. Olhe – disse ele, pondo a pasta no chão e levantando as mãos –, estou usando as minhas luvas de porco-espinho.

O Processo Crime Número 1 começou no dia 10 de janeiro, na Suprema Corte. O ex-presidente foi visto chegando com uma escolta militar: uma figura baixa e corpulenta, dentro de uma capa abotoada. Usava seus muito conhecidos óculos de armação pesada, de lentes levemente coloridas, e, ao sair do Chaika, tirou o chapéu, deixando os curiosos verem uma vez mais sua cabeça, célebre por ter aparecido em tantos selos do país: crânio enterrado nos ombros, nariz afilado e indiscreto, calvície frontal e cabelos ruivos e grossos caindo sobre as orelhas. Havia uma multidão; por isso ele acenou e sorriu. Em seguida, a câmera perdeu-o de vista até que ele voltou a aparecer na sala do tribunal. Em algum lugar daquele covil, deixara ele seu chapéu e sua capa: surgia agora num austero terno de corte antiquado, camisa branca e gravata verde com uma listra cinza em diagonal. Parou e olhou em volta, como um jogador de futebol examinando um estádio que não conhece. No exato momento em que parecia prestes a seguir adiante, mudou de ideia e foi até um dos soldados da guarda. Olhou atentamente para um detalhe metálico da farda e em seguida, quase em decorrência de uma ilação íntima, ajeitou paternalmente a túnica do miliciano. Sorriu para si mesmo e recomeçou a caminhar.

[– *Canastrão de merda.*

– *Xiii, Atanas.*]

A sala do Tribunal fora construída num estilo pesado, embora atenuado, do início dos anos 1970: madeira em tons claros, ângulos disfarçados, cadeiras que quase chegavam a ser confortáveis. Poderia ter sido um teatro de bolso, ou uma pequena sala de concertos onde se ouviriam os agudos de um quinteto de sopro, não fosse pela iluminação, um triste somatório de luz fluorescente nua e luminárias baixas. Era impossível privilegiar qualquer ponto, algum foco; o efeito era diluído, democrático, isento.

Petkanov foi conduzido ao banco dos réus, onde se deixou ficar em pé alguns instantes, olhando em volta para as duas bancadas dos advogados, para o estrado onde sentariam o presidente do Tribunal e seus dois assessores; perscrutou detidamente os guardas, os porteiros, as câmeras de televisão, o empurra-empurra do pessoal da imprensa. Havia tantos jornalistas, que alguns tiveram de ser acomodados na bancada do júri, onde foram afligidos por uma súbita timidez, ficando a examinar pensativamente seus blocos de apontamentos vazios.

Finalmente, o ex-presidente sentou na cadeirinha dura que haviam escolhido para ele. Atrás dele e, portanto, sempre na imagem quando Petkanov era focalizado pela câmera, ficava uma guarda penitenciária comum. A promotoria fora a responsável por esse pequeno elemento de teatralidade, sugerindo que se escolhesse especialmente uma guarda feminina. Os militares deveriam ficar fora do espetáculo, tanto quanto possível. Estão vendo, isto é apenas mais um processo civil em que se julga um criminoso; e, vejam só, ele deixou de ser o monstro que nos apavorava, já não passa de um velho vigiado por mulheres.

    O presidente do Tribunal e seus colegas entraram: três velhos senhores de terno escuro, camisa branca e gravata preta; o mais graduado deles podia ser identificado por uma larga toga negra. Declarou-se aberta a sessão, convidando-se o procurador-geral a ler as acusações. Peter Solinsky, já de pé, olhou para Stoyo Petkanov do outro lado, esperando que se erguesse. Mas o ex-presidente permaneceu como estava, com a cabeça ligeiramente inclinada, um homem poderoso sentado confortavelmente no camarote real, à espera de que a cortina subisse. A guarda se inclinou para a frente e cochichou-lhe algo que ele fingiu não ouvir.

    Solinsky não reagiu a essa premeditada obstinação. Tranquilamente, de modo natural, deu prosseguimento a seu trabalho. Primeiro, inspirou o mais longa e profundamente possível sem que ninguém reparasse. O controle da respiração, haviam-lhe ensinado, era o segredo da advocacia. Somente os atletas, os cantores de ópera e os advogados compreendiam a importância do modo de respirar.

    [– *Meta na bunda dele, Solinsky, vamos, meta na bunda dele.*
    – *Xiii.*]
    – Stoyo Petkanov, você é acusado diante da Suprema Corte deste país dos seguintes crimes. Primeiro, fraude em relação a documentos, artigo 127, parágrafo 3, do Código Penal. Segundo, abuso de autoridade no exercício de suas funções oficiais, artigo 212, parágrafo 4, do Código Penal. E terceiro...
    [– *Assassinato em massa.*
    – *Genocídio.*
    – *Arruinar o país.*]
    ... má administração, artigo 332, parágrafo 8, do Código Penal.
    [– *Má administração!*
    – *Má administração dos campos de prisioneiros.*

– *Ele não torturava as pessoas direito.*
– *Merda. Merda.*]
– Culpado ou inocente?
Petkanov permaneceu exatamente na mesma posição, só que agora com um leve sorriso no rosto. A guarda inclinou-se de novo em sua direção, mas ele a fez parar com um estalar de dedos.
Solinsky pediu o auxílio do presidente do Tribunal, que disse:
– O réu responderá à pergunta. Culpado ou inocente?
Petkanov apenas inclinou um pouco mais a cabeça, dirigindo a mesma expressão lânguida e desdenhosa ao estrado dos juízes.
O presidente do Tribunal olhou para a defensoria. A defensora do Estado, advogada Milanova, uma mulher severa e morena, no início da meia-idade, já estava de pé.
– A defensoria foi instruída a nada declarar – afirmou ela.
Os três juízes fizeram uma breve consulta entre si; em seguida o presidente anunciou:
– O silêncio é interpretado por este tribunal, de acordo com o artigo 465, como uma alegação de inocência. Continue.
Solinsky recomeçou.
– O Sr. é Stoyo Petkanov?
Este pareceu considerar por alguns instantes a pergunta. Ao fim de que, após pigarrear ligeiramente, como se quisesse deixar bem claro que o movimento seguinte era fruto da própria vontade, se levantou. Mas, ainda assim, não fez qualquer menção de falar. O procurador-geral voltou, então, a repetir:
– O Sr. é Stoyo Petkanov?
O réu parecia não tomar conhecimento do procurador no seu terno italiano brilhoso, voltando-se, em vez disso, para o presidente do Tribunal.
– Desejo fazer uma declaração inicial.
– Primeiro responda à pergunta do procurador-geral.
O Segundo Líder lançou um olhar a Solinsky, como se estivesse reparando nele pela primeira vez e obrigando-o a repetir a pergunta, como um colegial.

– O Sr. é Stoyo Petkanov?
– Você sabe que sou. Lutei junto com seu pai contra os fascistas. Mandei você à Itália para comprar seu terno. Concordei com sua nomeação como professor de direito. Você sabe muito bem quem sou eu. Quero fazer uma declaração.
– Se for breve... – respondeu o presidente do Tribunal.

Petkanov balançou a cabeça para si mesmo, absorvendo e ao mesmo tempo ignorando a exigência do juiz. Olhou em volta da sala do Tribunal, como se acabasse de perceber onde estava, ajeitou os óculos um pouco mais para cima no nariz, descansou os pulsos na acolchoada grade de madeira diante dele e, num tom de voz de alguém acostumado a eventos públicos mais bem organizados, perguntou:

– Estou sendo focalizado por que câmera?
[– *Merda, escute só o que ele disse, filho da puta.*
– *A gente não cai mais nessa, Stoyo, a gente não cai mais nessa.*
– *Espero que morra na nossa frente. Ao vivo na TV.*
– *Calma, Atanas. Você vai agourar, se continuar assim.*]
– Faça a sua declaração.

Petkanov tornou a balançar a cabeça, mais para se consultar consigo mesmo que para aceitar as instruções alheias.

– Não reconheço a autoridade deste Tribunal. Ele não tem poderes para me julgar. Fui detido ilegalmente, encarcerado ilegalmente, interrogado ilegalmente e agora me encontro diante de um tribunal constituído ilegalmente. Contudo... – e aqui se permitiu uma pausa, e um sorriso rápido, sabendo que seu "contudo" impediria uma interrupção do juiz – ... contudo, responderei a suas perguntas, contanto que sejam relevantes.

Fez nova pausa, dando ao procurador-geral tempo de ficar imaginando se aquilo representava ou não o término da declaração.

– E responderei a suas perguntas por uma razão bem simples. Porque já estive aqui. Não exatamente neste tribunal, é verdade. Mas há mais de cinquenta anos, muito antes de me tornar o timoneiro da nação. Junto com outros companheiros, eu ajudava a organizar a luta antifascista em Velpen. Protestávamos contra a prisão de ferroviários. Era um protesto pacífico e democrático, mas é claro que foi atacado pela polícia dos burgueses e patrões. Fui espancado, eu e os demais companheiros. No cárcere, discutíamos como nos comportar. Alguns companheiros argumentavam que devíamos recusar-nos a responder ao tribunal, baseados no fato de termos sido ilegalmente detidos e ilegalmente encarcerados e serem as provas contra nós inventadas pela polícia. Mas eu os convenci de que era mais importante alertar a nação sobre os perigos do fascismo e a preparação para a guerra por parte das potências imperialistas. E foi o que fizemos. Como sabem, fomos condenados a trabalhos forçados pela defesa do proletariado.

"E agora – prosseguiu ele – olho em volta neste tribunal e não tenho nenhuma surpresa. É que já estive aqui. E, assim, concordo mais uma vez em responder a suas perguntas, desde que relevantes.

– O senhor é Stoyo Petkanov? – repetiu o procurador, frisando seu cansaço, como se não fosse culpa sua que a justiça o obrigasse a fazer quatro vezes cada pergunta.

– Sim, claro, já constatamos isso.

– Nesse caso, já que é Stoyo Petkanov, deve saber que sua condenação pelo tribunal em Velpen, no dia 21 de outubro de 1935, foi por danos à propriedade alheia, roubo de um gradil de ferro e agressão a um membro da polícia nacional com o citado objeto roubado.

Quando a câmera cortou de volta para Petkanov, *Atanas tragou fundo a fumaça do cigarro, soltando-a através de lábios apertados e empurrados para fora. A fumaça bateu na tela e se espalhou sobre ela, dissipando-se. Era melhor que cuspir, pensou Atanas. Cuspo na sua cara com fumaça.*

Peter Solinsky não fora a primeira escolha para o cargo de procurador-geral. Sua experiência era em sua maior parte acadêmica, e apenas parcialmente no campo do direito penal. Mas percebeu, depois de sua primeira entrevista, que se saíra bem. Outros candidatos, com títulos mais importantes que os seus, tinham feito um jogo político, sugerido condições; outros, depois de consultarem suas famílias, haviam-se lembrado de compromissos anteriores. Porém Solinsky manifestara abertamente o desejo de obter o cargo; veio com ideias específicas sobre como elaborar as acusações; e teve a audácia de sugerir que os anos em que ele próprio fora membro do partido talvez constituíssem uma vantagem no esforço de pegar Petkanov. É preciso uma raposa para agarrar um lobo, citou, e o ministro sorriu. Naquele professor magricela de olhar ansioso, este identificou um pragmatismo e uma agressividade que achava necessárias a um procurador-geral.

A nomeação não constituiu surpresa para Peter. Sua vida, quando refletia sobre ela, parecia consistir em longos períodos de cautela, seguidos de alguns momentos de grandes decisões, até mesmo de imprudências, quando obtinha o que queria. Fora um garoto responsável, bom estudante; o desejo de agradar aos pais chegou a fazer com que contraísse noivado, no seu vigésimo aniversário, com a filha de seus vizinhos, Pavlina. Três meses depois, ele a largou por Maria, insistindo em se casar imediatamente, com tanto e obstinado empenho, que seus pais foram naturalmente levados a examinar a barriga da garota. Ficaram perplexos quando os meses seguintes deixaram de confirmar sua suspeita.

Depois disso, por muitos anos, foi ele um fiel membro do partido e bom marido – ou teria sido um bom membro do partido e marido fiel? Às vezes, as duas situações se pareciam confundir, de tão próximas, na sua cabeça. E então, uma noite, anunciou seu ingresso no Partido Verde, numa época em que, conforme Maria frisou com tanto vigor, os verdes contavam com muito poucos professores de direito casados com filhas de heróis antifascistas. Pior ainda, Peter não participava apenas de algumas reuniões às escondidas; devolveu sua carteira do partido, junto com uma carta abertamente provocadora, que há alguns anos lhe teria trazido os homens de casaco de couro à porta, a desoras.

Agora, de acordo com sua mulher, ele estava novamente dando vazão à sua vaidade. Seus colegas julgaram sua nomeação como um simples passo na sua carreira, passo que revelava, no advogado reservado e gentil, um desejo secreto de estrelato televisivo. Mas essas pessoas só enxergavam a vida externa de Solinsky, e tendiam a achar que sua vida interior deveria ser tão ordenada quanto aquela.

Na realidade, ele vivia oscilando entre vários níveis de ansiedade, e seus intermitentes ímpetos resolutivos tinham por objetivo apaziguar a preocupação e o sofrimento internos. Se era um fato as nações comportarem-se como indivíduos, ele era um indivíduo que se comportava como uma nação: suportando calado décadas de submissão, e em seguida explodindo em revolta, ansioso por uma nova retórica e uma renovada imagem de si mesmo.

Ao acusar o ex-chefe de Estado, Peter Solinsky embarcara na maneira mais pública de se autodefinir. Para os colunistas dos jornais e comentaristas da TV, ele encarnava o novo contra o velho, o futuro contra o passado, a virtude contra o vício; e, quando falava na mídia, ele costumava invocar a consciência da nação, o dever moral, seu plano de arrancar a verdade, como uma folha de dente-de-leão, dos dentes da mentira. Porém, no fundo dela, subjaziam sentimentos que ele não tinha muito empenho em examinar de perto. Tinham a ver com a limpeza, pessoal, de preferência à simbólica; com o fato de saber que seu pai estava à morte; e com o desejo de provocar em si mesmo uma maturidade que tardava a chegar.

O cargo de procurador-geral só se tornara disponível após um amplo debate público. Muita gente argumentara contra o julgamento. Não seria certamente melhor deixar passar o que já se passara e concentrar as energias na reconstrução? Isso seria também mais prudente, pois ninguém poderia alegar que Petkanov era a única pessoa culpada no país. Até que ponto ia a culpa no seio da nomenclatura, do partido, da polícia secreta, da polícia comum, dos informantes civis, da magistratura e dos militares? Se era para haver justiça, argumentavam alguns, então deveria ser uma justiça plena, uma prestação de contas completa, já que a justiça agir só contra alguns escolhidos, e, com maior razão ainda, contra um único indivíduo, constituía obviamente uma injustiça. E, no entanto, até que ponto a "justiça plena" se distinguia da mera vingança?

Outros pressionavam para que se realizasse o que chamavam de "julgamento moral", mas, como nenhuma nação do mundo jamais realizou nada igual, não ficou claro em que consistia isso, ou que tipo de provas deveriam ser oferecidas. Além disso, quem se arrogaria o direito de julgar? E a implementação desse direito não implicaria uma sinistra autoafirmação? Deus seria certamente o único capaz de presidir a um julgamento moral. Os terráqueos fariam melhor preocupando-se com quem roubou o que de quem.

Todas as soluções eram imperfeitas; a mais imperfeita, todavia, era não fazer nada, e não fazer vagarosamente nada. Precisavam fazer alguma coisa rápido. Por isso uma Comissão Parlamentar Especial nomeou uma Comissão Especial de Inquérito, ficando claro que, apesar de que todas as suas diligências deveriam ser conduzidas com zelo e pertinácia maiores que o comum, o processo contra Stoyo Petkanov precisava estar pronto para começar no início de janeiro. Também se frisou que era preciso obedecer aos procedimentos legais com toda correção. Longe estavam os dias em que se apresentava uma acusação muito genérica, para que posteriormente pudesse ser interpretada pelo tribunal como englobando um comportamento que o Estado resolvera punir. A Comissão Especial de Inquérito foi instruída a levantar com exatidão os atos de Petkanov que desrespeitaram suas próprias leis, a reunir provas fidedignas e, em seguida, decidir quanto às acusações. Isso envolvia uma considerável inversão do modo de pensar tradicional.

A Comissão Especial descobriu que era difícil obter provas diretas de mau procedimento. Pouca coisa ficara escrita; o escrito fora, em sua maior parte, destruído; e aqueles que a destruíram alegaram, como era de se esperar, uma conveniente amnésia. Um problema mais amplo advinha da natureza unitária do Estado que acabara de desmoronar. O artigo 1 da Nova Constituição de 1971 sancionara o papel dirigente do Partido. Desde então, partido e Estado se fundiram, e qualquer separação nítida entre a organização política e o sistema legislativo deixara de existir. O que era tido como politicamente necessário também era, por definição, considerado legal.

Finalmente, depois de submetida a uma pressão crescente, a Comissão Especial descobriu provas suficientes para recomendar a instauração de um processo, baseado em três acusações. A primeira, logro em relação a documentos, era relativa ao recebimento indevido de direitos autorais pelos escritos e discursos do ex-presidente. A segunda, abuso de autoridade no exercício de cargo oficial, englobava uma grande série de benefícios outorgados e recebidos pelo ex-presidente, servindo para demonstrar o tamanho da corrupção sob o regime comunista. A terceira, incúria administrativa, dizia respeito ao pagamento indevido de benefícios sociais ao presidente da Comissão de Proteção Ambiental. A Comissão Especial ficou um tanto constrangida com isso, já que a outra pessoa citada era uma figura de pouca importância, que andava no momento mal de saúde; mas chegou à conclusão de que apenas duas acusações não eram suficientes para um processo de tamanha envergadura histórica. A Comissão Especial também recomendou que, dadas as excepcionais circunstâncias do caso, fosse permitido à promotoria apresentar provas recém-descobertas no meio do julgamento, acrescentando outras acusações, se necessário, à medida que avançasse o processo. Apesar de ter despertado muitas críticas, tais resoluções foram adotadas.

Já que Petkanov se negara a cooperar com as defensoras públicas Milanova e Zlatarova, ficou decidido que a cortesia normal entre promotoria e defesa teria de ser estendida ao próprio réu. Assim, quando o tribunal suspendeu a sessão, dirigiu-se Peter Solinsky ao sexto andar do Ministério da Justiça (ex-Secretaria de Segurança do Estado), levando consigo documentos que a defesa tinha o direito de examinar. Nesses segundos encontros do dia, o ex-presidente se mostrava frequentemente mais descontraído, mas não necessariamente mais agradável.

Toda manhã, um miliciano trazia para Stoyo Petkanov os cinco jornais diários do país, depositando-os empilhados em cima de sua mesa. Toda manhã, Petkanov tirava o *Verdade* da pilha; o porta-voz do Partido Socialista (ex-Comunista) deixava intocados, pois, *A Nação*, *O Povo*, *Liberdade* e *Tempo Livre*.

– Não se interessa pelo que o diabo tem a dizer? – perguntou Solinsky de brincadeira certa tarde, ao encontrar Petkanov debruçado sobre o evangelho do partido.

– O demônio?

– Os jornalistas da nossa imprensa livre.

– Livre, *livre*. Vocês fazem um tal fetiche desta palavra! Será que ela faz o seu pau ficar duro? Liberdade, liberdade, vamos, quero ver as suas calças se avolumarem, Solinsky.

– Você não está no tribunal agora. Não tem ninguém assistindo. Só um miliciano, se fingindo de cego e mudo.

– Liberdade – disse Petkanov frisando bem a palavra –, liberdade consiste em obedecer à vontade da maioria.

Solinsky não respondeu logo. Já ouvira essa linha de raciocínio antes, e ela o apavorava. Finalmente murmurou:

– Você acredita de fato nisso?

– Tudo o mais que vocês chamam de liberdade não passa de privilégios de uma elite social.

– Como as lojas especiais para os membros do partido? Será que elas obedeciam à vontade da maioria?

Petkanov atirou o jornal fora.

– Os jornalistas são putas. Prefiro as minhas próprias putas.

O procurador-geral constatou que essas trocas eram frustrantes, porém úteis. Ele precisava conhecer seu adversário, senti-lo, descobrir como prever suas reações imprevisíveis. Por isso prosseguiu, num tom de voz pedante e ponderado:

– Há diferenças, sabe? Talvez devesse ler o *Tempo Livre* a respeito de seu julgamento. Ele não toma a posição óbvia.

– Eu poderia me poupar esse trabalho despejando um balde de merda em cima da minha cabeça.

– Você não quer entender, não é?

– Solinsky, você não faz ideia de como essa discussão me cansa. Já analisamos isso há décadas e chegamos às conclusões corretas. Até mesmo seu pai concordou, depois de girar como um pião durante meses. Deu-lhe as minhas afetuosas recomendações?

– O termo "jornal livre" não significa nada para você, não é? Petkanov suspirou melodramaticamente, como se o procurador-geral estivesse argumentando a favor da teoria de que o mundo era plano.

– É uma contradição. Todos os jornais pertencem a um partido qualquer, a um interesse qualquer. Ligado aos capitalistas, ou ao povo. Surpreende-me que você não tenha notado isso.

– Existem jornais cujos proprietários são os próprios jornalistas que escrevem nele.

– Então o partido que representam é o pior de todos, o partido do egoísmo. Pura expressão do individualismo burguês.

– E até existem jornalistas, pasme, que mudam suas opiniões sobre os problemas. Que têm liberdade de chegar às próprias conclusões, e a seguir examiná-las, reexaminá-las, e alterar seus pontos de vista.

– Putas que não merecem confiança, você quer dizer – retrucou Petkanov. – Putas neuróticas.

Tinha havido uma revolução, sobre isto não havia dúvida; mas o termo não era jamais usado, nem mesmo adjetivado, "branda" ou "amena". O país possuía o mais amplo sentido histórico, mas também um enorme cansaço em relação à retórica. As grandes expectativas dos últimos anos negavam-se a se revestir de palavras altissonantes. Por isso, em vez de revolução, as pessoas falavam apenas das mudanças, e a história agora se dividia em três etapas aceitas: antes das mudanças, durante as mudanças, depois das mudanças. Observe-se o que aconteceu no decorrer da história: reforma, contrarreforma, revolução, contrarrevolução, fascismo, antifascismo, comunismo, anticomunismo. Os grandes movimentos, como que obedecendo a alguma lei da física, pareciam provocar uma força oposta de igual grandeza. Por isso as pessoas falavam com cautela das mudanças, e essa ligeira tática evasiva as fazia sentir-se um pouco mais seguras: seria difícil imaginar algo chamado contramudanças, ou antimudanças, e consequentemente essa realidade talvez também pudesse ser evitada.

Nesse meio-tempo, os monumentos vinham sendo lenta e discretamente derrubados por toda a cidade. Houvera remoções parciais antes, é claro. Em um ano, os Stálins de bronze tinham sido expurgados com uma palavrinha de Moscou. Tinham sido levados de seus pedestais durante a noite e carregados para um terreno baldio perto do pátio de manobras central, onde foram enfileirados contra um alto muro, como se esperassem o pelotão de fuzilamento. Durante algumas semanas, dois milicianos os guardaram, até perceberem a pouca vontade popular de dessacralizar aquelas efígies. Por isso foram cercadas com arame farpado e entregues à própria sorte, acordadas à noite pelo apito e o gemido dos trens de carga. A cada primavera, as urtigas cresciam um pouco mais, e as trepadeiras faziam com que um novo broto se enroscasse na perna do líder militar de botas. Uma que outra vez, um intruso com martelo e cinzel escalaria um dos monumentos mais baixos, numa tentativa de arrancar metade de um bigode como lembrança; porém, devido ao álcool, ou ao cinzel inadequado, a ação redundava sempre em fracasso. As estátuas sobreviviam ao lado do pátio de manobras, reluzentes na chuva e tão indestrutíveis quanto a memória.

Agora Stálin tinha companhia. Brejnev, que em vida gostava de posturas brônzeas e graníticas, e agora continuava sua existência, feliz, como estátua. Lênin, de boné de operário e braço erguido de modo inspirador, com os dedos a agarrar tábuas sagradas. Ao lado dele, o Primeiro Líder da nação, que, numa perpétua postura de subserviência política, permanecia fielmente cerca de um metro mais baixo que os gigantes da Rússia Soviética. E agora vinha Stoyo Petkanov, exibindo-se sob diversas facetas: como líder da Resistência, de sandálias de couro de porco e blusa camponesa; como comandante militar, com botas stalinistas até o joelho e insígnias de general; como estadista mundial, num terno largo tipo jaquetão, com a Ordem de Lênin na lapela. Aquele íntimo e seleto grupo, que tivera alguns de seus mais recentes membros mutilados por um guindaste insensível, jazia amontoado num permanente exílio, discutindo política.

Por último, falou-se que Aliosha se juntaria a eles. Aliosha, que permanecera quase quatro décadas naquele morro baixo ao norte, sua baioneta brilhando fraternalmente. Fora um presente do povo soviético; agora havia um movimento para devolvê-lo a seus doadores. Que voltasse para Kiev ou Kalinin ou fosse lá para onde fosse: ele devia estar ficando com saudades de casa depois de todo aquele tempo, e sua grande mãe de bronze devia estar sentindo muito a sua falta.

Mas gestos simbólicos podem vir a custar caro. Tinha sido muito barato tirar secretamente o Primeiro Líder embalsamado do seu mausoléu, numa noite qualquer em que apenas um em cada seis postes não estava com a luz apagada. Mas repatriar Aliosha? Isso custaria milhares de dólares americanos, soma que seria mais bem empregada na compra de petróleo ou no conserto do reator nuclear que vazara na província oriental. Por isso algumas pessoas argumentaram a favor de um exílio mais brando, local. Despachá-lo para o pátio de manobras e deixar que se junte a seus metálicos senhores. Lá ele se destacaria, uma vez que era a maior estátua do país; e isso seria uma pequena e barata vingança, imaginar todos aqueles líderes vaidosos desconcertados por sua gigantesca chegada.

Já outros achavam que Aliosha devia permanecer no morrote. Afinal de contas, era indubitavelmente verdade que o exército soviético liberara o país dos fascistas, e que ali haviam morrido e sido enterrados soldados russos; e também que na época, e durante algum tempo depois, muita gente se sentira grata a Aliosha e seus camaradas. Por que não deixá-lo ficar onde estava? Não era obrigatório concordar com todos os monumentos. Não se destroem as pirâmides por causa de um sentimento retroativo de culpa pelo sofrimento de escravos egípcios.

Às nove e meia de certa manhã, Peter Solinsky estava de pé, na sua sala, ao lado da mesa de trabalho, interrogando silenciosamente um canto da estante a cinco metros de distância. Era assim que treinava para o trabalho do dia. Estava no meio de uma pergunta que extrapolava um tantinho os procedimentos legais, menos uma indagação que uma hipótese com uma acusação moral implícita, quando o telefone anunciou irritantemente uma visita. Solinsky dispensou por um momento a estante, que suava e enxugava a testa de modo culpado, transferindo sua atenção para Georgi Gânin, Chefe das Forças Patrióticas de Segurança (ex-Departamento de Segurança Interna). Gânin agora usava terno, para indicar que seu trabalho era um assunto civil e nada ameaçador. Mas naquele dia, apenas uns dois anos antes, quando tivera a sorte de ser bafejado pela fama, sua corpulenta figura se encontrava espremida dentro de um uniforme de tenente, e as credenciais no ombro indicavam que pertencia ao Comando Militar Provincial do Nordeste. Fora enviado com vinte milicianos para controlar uma manifestação, confiantemente descrita como de pouca importância, na capital regional de Sliven.

Era de fato uma pequena concentração: trezentos oposicionistas e Verdes locais, numa praça inclinada de pedras, batendo palmas e com os pés no chão, mais para se esquentarem que para qualquer outra coisa. Diante da sede do Partido Comunista, fora erguida uma grossa barricada de neve suja, que normalmente bastaria por si só como proteção. Dois fatos, contudo, faziam com que a situação fosse diferente. O primeiro era a presença do Comando Devinsky, uma organização estudantil que ainda não constava do fichário dos órgãos de segurança. Isso não chegava a surpreender, já que ultimamente andava difícil obter informações sobre o movimento estudantil; de qualquer maneira, o Comando Devinsky estava registrado como uma sociedade literária, batizada em homenagem a Ivan Devinsky, poeta da região que, apesar de manifestar várias tendências decadentes e formalistas, se havia revelado patriota e mártir durante a invasão fascista de 1941. O segundo fato era a presença fortuita de uma equipe de TV sueca, cujo carro alugado na região enguiçara no dia anterior, e que agora se vira na contingência de não ter nada para filmar a não ser um rotineiro episódio de protesto provinciano.

Tivesse a polícia secreta investigado o Comando Devinsky, teria descoberto que o poeta tinha reputação de ser satírico e provocador; e que, em 1929, seu "leal soneto" intitulado "Obrigado, Sua

Majestade" provocara imediatamente um exílio de três anos em Paris. Os membros do comando estudantil se identificavam pelos bonés vermelhos dos jovens pioneiros que usavam: agasalhos para a cabeça, próprios para garotos de dez anos, que eram ridiculamente esticados ou, então, galhofeiramente presos à parte superior da cabeça, com grampos das namoradas. Os demais manifestantes não tinham, tal como as forças de segurança, jamais ouvido falar do Comando Devinsky, irritando-se com o que parecia ser um grupo pró-comunista infiltrado. A suspeita deles se confirmou quando os devinskistas desenrolaram uma faixa com os dizeres: NÓS, ESTUDANTES, OPERÁRIOS E CAMPONESES, APOIAMOS O GOVERNO.

Abrindo caminho aos empurrões até a frente da manifestação, o Comando tomou posição perto do monte de neve suja, começando a gritar: VIVA O PARTIDO. VIVA O GOVERNO. VIVA O PARTIDO. VIVA O GOVERNO, VIVA STOYO PETKANOV. VIVA O PARTIDO.

Após alguns minutos, as altas janelas de batente do balcão se abriram, aparecendo o chefe local do partido, que quis testemunhar com os próprios olhos a rara demonstração de apoio naqueles dias de contrarrevolução. De imediato, os estudantes ampliaram seu repertório de palavras de ordem. Com os punhos patrioticamente erguidos e os bonés vermelhos formando uma falange fiel, aclamaram o sorridente chefão de Sliven:

– OBRIGADO PELA CARESTIA.
– OBRIGADO PELA ESCASSEZ DE COMIDA.
– NÃO QUEREMOS PÃO, QUEREMOS IDEOLOGIA.

Os estudantes tinham ensaiado bastante bem e tinham vozes potentes. Socavam o ar e não demonstravam qualquer hesitação, ao passar de uma palavra de ordem para outra.

– OBRIGADO PELA CARESTIA.
– REFORCEM A POLÍCIA SECRETA.
– VIVA O PARTIDO.
– VIVA STOYO PETKANOV.
– OBRIGADO PELA ESCASSEZ DE COMIDA.
– NÃO QUEREMOS PÃO, QUEREMOS IDEOLOGIA.

De repente, como se tivesse feito uma votação secreta, o resto da multidão começou a participar. "OBRIGADO PELA ESCASSEZ DE COMIDA" começou a ecoar furiosamente em volta da praça; o chefão do partido fechou com força as janelas de batente, e a manifestação adquiriu um matiz histérico que Gânin sabia ser perigoso. Seus homens estavam dispostos ao lado do prédio, e chamaram agora a atenção do Comando Devinsky. Por três vezes, o pelotão de estudantes avançou algumas dezenas de metros em direção aos milicianos, gritando:
– OBRIGADO PELAS BALAS.
– OBRIGADO PELO MARTÍRIO.
– OBRIGADO PELAS BALAS.
– OBRIGADO PELO MARTÍRIO.

Ficou evidente que os Verdes e os oposicionistas preferiram não adotar essas palavras de ordem, esperando que o Comando voltasse às suas fileiras para tornar a gritar a favor da carestia. A equipe de TV já estava, àquela altura, a postos e filmando.

Gânin recebeu a ordem de um estranho de casaco de couro que saiu rapidamente de uma porta lateral na sede do partido, declinou um nome e posto num órgão de segurança e o instruiu, como ordem vinda diretamente do chefe do partido, a disparar por cima da cabeça dos manifestantes e, se isso não bastasse para dispersá-los, a disparar contra seus pés. Dada a mensagem, tornou o homem a desaparecer dentro do prédio, embora não antes que sua presença fosse notada pelos estudantes.

– POR FAVOR, QUEREMOS ENTRAR PARA AS FORÇAS DE SEGURANÇA – passaram a berrar, e em seguida – OBRIGADO PELAS BALAS. POR FAVOR, QUEREMOS ENTRAR PARA AS FORÇAS DE SEGURANÇA.

Gânin fez seus homens marcharem vinte metros para a frente. O comando veio em direção a eles. Gânin tentou aparentar segurança ao dar a ordem de mirar sobre a cabeça da multidão, mas várias coisas o assustaram. Primeiro, a autoridade de quem lhe dera as instruções. Segundo, o medo de que algum soldado raso idiota resolvesse abaixar a mira. E, terceiro, a consciência de que cada miliciano dispunha apenas de um pente de balas. OBRIGADO PELA ESCASSEZ era um grito que também repercutia no exército.

Com a mão levantada para a tropa em sinal de espera, Gânin adiantou-se em direção ao Comando. Simultaneamente, um rapaz usando dois bonés de jovem pioneiro, cada um deles preso a uma orelha, destacou-se dos estudantes. A TV sueca cobriu o dramático encontro dos dois, o estudante barbudo com enormes protetores de orelha vermelhos e o rechonchudo e rosado oficial do exército, cuja respiração lançava um jato de fumaça no ar. O operador de câmera aproximou-se corajosamente, mas o técnico de som lembrou-se de repente de sua família em Karlstad. Esse gesto de cautela não fez nada mal ao jovem tenente. Tivesse o diálogo seguinte sido registrado, sua promoção talvez não acontecesse tão depressa.

– E então, camarada oficial, vai nos matar a todos?

– Basta irem embora. Dispersem e não atiraremos.

– Mas é que gostamos daqui. Não temos aula no momento. E estávamos apreciando a troca de opiniões com o chefe do partido, Krumov. Talvez o camarada pudesse perguntar ao fiel agente de segurança por que seu estimado patrão resolveu interromper nossa profícua discussão.

Gânin teve de fazer esforço para não sorrir.

– Ordeno-lhes que se dispersem.

Mas o estudante, em vez de obedecer, aproximou-se ainda mais, enganchando seu braço no braço do tenente.

– E então, camarada oficial, quantos de nós o senhor teve ordem para matar? Vinte? Trinta? Todos?

– Sinceramente – retrucou Gânin –, isso seria impossível. Não temos balas suficientes. Com a escassez...

O estudante soltou uma gargalhada, subitamente beijando Gânin em ambas as faces. O tenente de bochechas rosadas retribuiu a risada, seu rosto preenchendo o visor do operador de câmera sueco.

– Olhe – confidenciou –, tenho certeza de que podemos dar um jeito nisso.

– Claro que podemos, camarada oficial. – Virou-se para trás e gritou aos colegas: – MAIS BALAS PARA OS SOLDADOS.

Quando o Comando Devinsky avançou, com seus bonés vermelhos oscilando ao vento, e gritando alternadamente ABAIXO A ESCASSEZ e MAIS BALAS PARA OS SOLDADOS, Gânin acenou contrafeito para seus homens que abaixassem os fuzis. Obedeceram ansiosamente, não parecendo nem um pouquinho mais felizes quando cada estudante escolheu um soldado para abraçar com força. Mas as imagens saíram esplêndidas e dramáticas, a falta de som possibilitando aos espectadores imaginar um diálogo forçosamente mais nobre. De jovem oficial indeciso, se não covarde, transformou-se Gânin, daquele momento em diante, num símbolo de decência, eficácia em negociação e postura conciliatória; ao passo que o breve e silencioso diálogo dos bafos esfumaçados na praça empedrada, diante de uma imunda paliçada de neve, foi amplamente interpretado como um sinal de que, se o exército fosse obrigado a escolher entre o povo e o partido, optaria pelo povo.

Daí por diante, a ascensão de Gânin havia sido tão rápida, que sua mulher, Nina, mal tinha tempo de costurar uma nova insígnia no seu uniforme, antes de se tornar obsoleta. Ficou contente quando ele passou a usar roupas civis; mas seu alívio revelou-se prematuro. Os jantares que Georgi era obrigado a frequentar implicavam também frequentes alterações nos seus ternos. Agora, lá estava ele na sala de Solinsky, um corpulento funcionário público, de rosto corado por ter subido as escadas, com o botão do meio do paletó ameaçando cair, apesar da linha dupla que Nina usara. Contrafeito, estendeu uma pasta de papelão ao procurador-geral.

– Diga-me de que se trata – disse Solinsky.

– Camarada procurador...

– Sr. procurador, basta – sorriu Solinsky –, tenente-general.

– Sr. procurador. Nós, das Forças Patrióticas de Segurança, gostaríamos de encorajar seu trabalho, esperando que seu esforço seja recompensado.

Solinsky sorriu de novo. Levaria ainda algum tempo até as velhas formas de tratamento se extinguirem.
– O que contém essa pasta?
– Confiamos que o réu seja condenado por todas as acusações.
– Claro, claro.
– Tal veredicto seria extremamente útil às FPS em sua atual reestruturação.
– Bem, isso é problema do tribunal.
– E depende das provas.
– General...
– Claro. Isto aqui é um relatório preliminar sobre o caso Anna Petkanova. Os arquivos mais importantes infelizmente foram destruídos.
– Não chega a surpreender.
– É isso mesmo. E, embora os arquivos mais importantes tenham sido destruídos, muita coisa foi patrioticamente poupada. Ainda que o acesso a ela e sua identificação nem sempre seja fácil.
– ?...
– Sim. Como verá, existem provas preliminares do envolvimento do Departamento de Segurança Interna no caso Anna Petkanova.
Solinsky mal demonstrava interesse.
– Há porcos mortos debaixo de toda cerca – respondeu. – Sinceramente, se você procurar bem, pouca coisa havia na vida pública do país durante os últimos cinquenta anos que não revelasse provas preliminares do envolvimento do Departamento de Segurança Interna.
– Claro, senhor. – Gânin ainda estava com a pasta estendida. – Deseja manter-se informado por nós?
– Se... – Solinsky aceitou quase distraidamente a pasta. – Vocês acharem conveniente. – Hmmm. Com que facilidade ele recaía nos velhos chavões. *Se vocês acharem conveniente.* E por que dissera *Há porcos mortos debaixo de toda cerca*? Esse não era o seu modo de falar. Parecia com o do réu do Processo Crime Número 1. Talvez se estivesse contagiando. Precisava treinar para dizer *Sim* e *Não* e *Isso é burrice* e *Vá embora*.

– Nós lhe desejamos toda sorte no andamento da acusação, senhor procurador.

– Obrigado. – Vá embora. Basta vestir um soldado com roupas civis para que suas frases dobrem de tamanho. – Obrigado. – Vá embora.

Vera cruzou a praça de São Basílio, o Mártir, que, no decorrer dos últimos quarenta anos, também fora praça Stalingrado, praça Brejnev, e também por pouco tempo, numa tentativa de contornar todo o problema, praça dos Heróis do Socialismo. Fazia vários meses agora que ela recaíra no anonimato. Modestos postes de metal imitavam as sonolentas castanheiras. Ambos à espera da primavera: as árvores para readquirirem as folhas, e os postes para verem brotar em si mesmos placas de rua. Então a cidade voltaria a ter uma praça de São Basílio, o Mártir.

Vera se sabia bonita. Agradavam-lhe suas salientes maçãs do rosto e os olhos castanhos bastante separados, apreciava as pernas, sentia que as cores vivas que usava caíam-lhe bem. No entanto, atravessar o jardim público na praça de São Basílio, como fazia todo dia às dez da manhã, transformava-a misteriosamente numa mulher sem atrativos. Isso vinha acontecendo há meses. Quase uma centena de homens costumavam estar reunidos no portão oriental do jardim, e nenhum deles olhava para ela. E, caso o fizessem, desviavam de imediato o olhar, sem se dar nem ao trabalho de conferir suas pernas, nem de dar um sorriso pela abundância de chiffon em volta do pescoço.

Antes das mudanças, qualquer ajuntamento público de mais de oito pessoas tinha de ser oficialmente registrado, e o processo de registro poderia ser muito especial, consistindo na presença de homens de casacos de couro a exigir nomes e endereços. A partir das mudanças, espetáculos assim, de uma porção de gente circulando, tornaram-se comuns. Alguns passantes aderiam automaticamente, do mesmo modo como entrariam em qualquer fila na porta de uma loja, na esperança hipotética de alguns ovos ou meio quilo de cenouras. O estranho naquele ajuntamento era o fato de ser constituído apenas por homens, a maioria entre dezoito e trinta anos: em outras palavras, o tipo de homem que sempre olhava para ela. E, todavia, encontravam-se eles em estado de ordeira excitação, ao serem um a um sugados da periferia, como abelhas e num processo de difícil observação, para o centro, sendo a seguir expulsos após alguns minutos. Alguns pareciam ter alcançado seu objetivo e resolutamente seguiam seu caminho através do portão oriental; o restante se dispersava sem rumo, em qualquer direção.

Pornografia – foi essa a primeira explicação de Vera. Viam-se grupos de homens reunidos excitadamente em volta de um engradado de cerveja virado, em que estava exposta uma revista mal impressa qualquer. Ou, às vezes, o que lá se encontrava era uma garrafa de destilado estrangeiro e alguns copinhos; a garrafa geralmente vinha do lixo de algum hotel para turistas, tendo sido novamente enchida com alguma bebida tóxica, feita em casa. Ou, ainda, talvez fosse o mercado negro. Talvez aqueles afortunados que saíram pelo portão oriental fossem pegar o contrabando. Ou, se não, provavelmente era algo a ver com religião, ou com o Partido Monarquista, ou com astrologia, ou numerologia, ou jogos de azar, ou os discípulos do reverendo Moon. Era raro essas apinhadas e fervorosas reuniões se preocuparem com as novas estruturas democráticas, a poluição ambiental ou os problemas da reforma agrária. Tratava-se sempre de algo ilegal, ou escapista, ou, na melhor das hipóteses, relativo a alguma nojenta promoção pessoal. E eles não olharam para ela.

A avó de Stefan recusara-se a assistir ao julgamento, e de início os estudantes tinham uma constrangida consciência de sua presença. Ela ficava sentada a alguns metros de distância na cozinha, embaixo de uma pequena gravura colorida e emoldurada de V.I. Lênin que ninguém tivera a ousadia de sugerir que ela tirasse da parede. Era uma mulher baixa e esférica, com o lábio virado para baixo, o que a falta de vários dentes acentuava, e a touquinha tricotada à mão que ela usava em todas as ocasiões, mesmo dentro de casa, realçava ainda mais a sua circularidade. Agora falava pouco, achando que a maioria das perguntas não merecia resposta. Um gesto de cabeça, um dar de ombros, um prato estendido, eventualmente um sorriso: dava para viver com isso. Especialmente em se tratando de Stefan e seus jovens amigos. Como falavam. Escute só a algazarra deles em volta da televisão, falando pelos cotovelos, interrompendo-se uns aos outros, incapazes de prestar atenção por mais de um segundo, brigando como uma ninhada de tordos. Cérebros de tordos, também.

A garota tratava-a com razoável delicadeza, mas os outros dois, especialmente aquele atrevido, Atanas, era mesmo... Lá vinha ele de novo, metendo o bico na porta, pondo os olhinhos de pássaro num ponto qualquer acima da cabeça dela.

– Oi, vovó, esse aí é seu finado marido?

Mais um comentário que não exigia resposta da parte dela.

– Ei, Dimíter, você já viu esse retrato do namorado da vovó?

Um outro tordo da ninhada apareceu, examinando o retrato por mais tempo que o necessário.

– Ele não parece muito contente, vó.

– E parece ser um pouco velho demais para você.

– Se eu fosse você, largava-o para lá. Não parece nada divertido.

Nada disso exigia resposta.

Na noite anterior, ela enrolara um cachecol de lã em sua touca de lã, tirara a gravura da parede e deixara o apartamento sem dizer para onde ia. Pegara um bonde para a praça da Luta Antifascista, cujo nome continuava a usar, não importa os nomes que lhe dessem os insolentes motoristas de ônibus, e comprara três cravos vermelhos de um camponês que, de início, quisera cobrar-lhe o dobro porque ela ia comparecer à manifestação, sendo, portanto, comunista e a causa de todos os problemas de sua vida. A rara incursão dela pelo mundo das palavras fê-lo normalizar envergonhado o preço, e ela permaneceu na praça com algumas poucas centenas de outros legalistas, enquanto alguns sujeitos seguros de si, que obviamente não pertenciam ao partido, patrulhavam a periferia do ajuntamento. Quanto tempo levaria para o partido ser novamente posto na ilegalidade, ser forçado a virar clandestino? Para que os fascistas pusessem novamente as mangas de fora e os rapazes fossem procurar nos sótãos as camisas verdes desbotadas da Guarda de Ferro, pertencentes a seus avós? Ela entrevia no futuro uma inevitável volta à opressão da classe operária, ao desemprego e à inflação, manejados como instrumento político. Mas também via, além disso, o momento em que os homens e as mulheres se insurgiriam, sacudindo seus grilhões, recuperando a dignidade a que tinham direito e recomeçando novamente todo o glorioso ciclo da revolução. Até lá ela estaria morta, é claro, mas não duvidava de que fosse acontecer.

Foi só no fim de semana que Peter Solinsky teve tempo de examinar o dossiê que o chefe de Segurança lhe havia dado. Anna Petkanova, 1937-1972. Curioso como as datas vinham sempre juntas, de modo que ele acabou decorando-as. O nome e as datas, nos selos, placas comemorativas e programas de concertos, na estátua dela do lado de fora do Palácio da Cultura Anna Petkanova. Filha única do presidente Stoyo Petkanov. Farol da Juventude. Ministra da Cultura. Fotos de Anna Petkanova como uma jovem pioneira cheia de covinhas e com seu boné vermelho, como estudante de química de cara séria com um olho no microscópio, como uma jovem e gordinha embaixatriz cultural recebendo buquês no aeroporto, de volta de suas viagens ao estrangeiro. Um exemplo para as mulheres de todo o país. O próprio espírito do socialismo e do comunismo, encarnação do seu futuro. A jovem ministra examinando os projetos do Palácio da Cultura, atualmente batizado em sua homenagem. A ministra mais gorda, recebendo flores de dançarinos folclóricos, sentada atenta no camarote presidencial durante concertos sinfônicos. A ministra positivamente gorda, com um cigarro espetado bem à frente, ouvindo de modo crítico, durante as reuniões da União dos Escritores. Anna Petkanova, obesa, solteira, doida por cigarros e banquetes, morta aos trinta e cinco. Pranteada pela nação. Até mesmo os melhores cardiologistas do país nada puderam fazer, a despeito das técnicas mais modernas. Seu pai, envelhecido, com a cabeça descoberta na neve macia, em posição de sentido do lado de fora do crematório, enquanto suas cinzas eram espalhadas. E a placa ali no muro repetia: Anna Petkanova, 1937-1972.

Sinceramente, pensou Solinsky folheando o relatório de Gânin, isso é uma banalidade. Não lhe surpreendeu que o Departamento de Segurança Interna mantivesse um arquivo sobre a filha do presidente, que um determinado assistente, bem colocado no Ministério da Cultura, mandasse informações mensais, ou que o relacionamento da ministra com aquele ginasta que ganhara uma medalha de prata nos Jogos Balcânicos fosse controlado de perto. O ginasta, ele pareceu lembrar, ficara desagradavelmente bêbado num banquete algumas semanas após a morte de Anna Petkanova, e lhe fora dada licença para emigrar, a frase feita para quando se era acordado de madrugada e levado ao aeroporto, sem uma muda de roupas.

Stoyo Petkanov decretara uma semana de luto nacional por sua filha. Eram muito próximos. Depois de sua nomeação como ministra da Cultura, ela aparecia cada vez mais a seu lado, representando a mãe inválida, que aparentemente preferia permanecer numa das residências campestres. Corriam boatos de que Petkanov estava educando sua filha para sucedê-lo. Outros boatos afirmavam que a filha do presidente havia engordado tanto porque, numa de suas viagens ao estrangeiro, se viciara em hambúrgueres americanos, e, após ter tentado sem sucesso ensinar aos cozinheiros presidenciais como fazê-los, passou a recebê-los de avião. Hambúrgueres congelados a granel, cortesia da mala diplomática.

Tais boatos eram todos mais ou menos confirmados pelo arquivo do tenente general Gânin, junto com o detalhe de que a mulher do presidente, em seus anos de declínio, fazia visitas secretas à pequenina igreja de madeira em sua aldeia natal, e que sua invalidez era em grande parte causada por vodca. Mas tudo isso já era história. Anna Petkanova, 1937-1972, estava morta. E também sua mãe. Stoyo Petkanov respondia no momento a várias acusações diante da nação, mas não constava que ter uma mulher bêbada, que beijava a mão dos padres, fosse uma delas. E o ginasta? Até onde Solinsky conseguia lembrar, vivera durante algum tempo em Paris, onde sua carreira não havia prosperado, aceitando depois um trabalho didático numa cidade do Meio-Oeste americano. Disseram que certa noite, novamente bêbado, ficou na frente de um caminhão e morreu atropelado. Ou isso tinha acontecido com outra pessoa? Tudo se tinha passado muito tempo antes. O procurador-geral afastou a pasta e levantou os olhos de sua mesa. O sol estava começando a se pôr, e seus raios atingiam a baioneta da estátua da Eterna Gratidão ao Exército Vermelho de Libertação. Sim, é claro, fora lá que ele pusera pela primeira vez os olhos em Anna Petkanova. Um dia, em maio, a estudante de química de aspecto sério e com um olho exemplarmente colado ao microscópio acompanhara seu pai na hora de depositar as coroas. Ele se lembrava de uma figura atarracada, com um rosto sério um tanto parecido com o de um cachorro pug, e os cabelos enrolados como corda no alto da cabeça. Na época, é claro, parecera inimaginavelmente glamourosa, e ele teria morrido por ela.

Sob certo aspecto, o julgamento se parecia com os demais julgamentos ocorridos ali durante os últimos quarenta anos: o presidente do tribunal, o procurador-geral, a defensoria e o réu – sobretudo o réu – sabiam que nada além de uma condenação seria aceitável para as autoridades superiores. Contudo, excetuando-se essa certeza final, não havia parâmetros fixos, nem qualquer tradição legal a ser obedecida. Nos velhos tempos da monarquia, um ministro ou outro havia sido ocasionalmente impedido, e um dos primeiros-ministros demitidos pelo método toscamente democrático do assassinato, mas não havia precedente para um julgamento assim, tão público, com um final tão em aberto, de um líder deposto. E apesar das acusações em si terem sido rigorosamente formuladas para minimizar a possibilidade de o réu escapar da condenação, o presidente do Tribunal e seus dois assessores sentiam uma permissão implícita, beirando o dever diante da nação, de deixar o processo correr solto. Os parâmetros das provas e as questões quanto à admissibilidade eram interpretados da maneira mais tolerante possível; as testemunhas podiam ser chamadas de novo em qualquer ocasião; permitia-se aos advogados perseguirem hipóteses além do que seria normal e legalmente plausível. A atmosfera estava mais para mercado que para igreja. Stoyo Petkanov, o velho comerciante de cavalos, não se importava. Aliás, raramente se interessava por minúcias processuais. Preferia uma defesa ampla e contra-acusações mais amplas ainda.

O procurador-geral tinha poderes semelhantes para explorar amplamente o terreno em seus interrogatórios e especulações de ordem geral; tudo o que o Tribunal precisava fazer era assegurar que aquele representante do novo governo não fosse tão obviamente humilhado pelo ex-presidente.

– E, no dia 25 de junho de 1976, o Sr. cedeu, ou mandou ceder, ou permitiu que cedessem ao citado Milan Todorov um apartamento de três quartos no bloco Dourado do conjunto Aurora?

Petkanov não respondeu de imediato. Em vez disso, deixou que suas feições fossem lentamente dominadas por uma expressão divertida de desespero.

– Como vou saber? Você se lembra do que estava fazendo quinze anos atrás entre um gole e outro de café? Diga-me.

– Pois lhe estou dizendo. Digo que o Sr. deu essa ordem, ou permitiu que fosse dada, numa contravenção direta às leis que regem o comportamento dos funcionários do Estado em relação à questão da moradia.

Petkanov deu um grunhido, som que normalmente precedia a um ataque.

– Você possui um bom apartamento? – perguntou de repente ao procurador-geral. Quando Solinsky parou para pensar, ele o atropelou. – Vamos lá, deve saber, você tem um bom apartamento?

[– Eu tenho uma merda de apartamento. Corrigindo: tenho vinte por cento de uma merda de apartamento.]

Solinsky hesitou porque não acreditava, no íntimo, ter um bom apartamento. Tinha certeza de que Maria não estava satisfeita com ele. Por outro lado, era difícil denegrir abertamente sua casa. Por isso finalmente disse:

– Sim, tenho um bom apartamento.
– Que bom. Parabéns. E você, tem um bom apartamento? – perguntou ao estenógrafo do Tribunal, que levantou os olhos, assustado. – E o Meritíssimo que preside ao Tribunal? Suponho que um bom apartamento seja apanágio do cargo. E você? E você? – Fez essa pergunta aos juízes-assistentes, às defensoras públicas Milanova e Zlatarova, ao chefe da milícia, sem esperar resposta. Apontou em volta do Tribunal, aqui, lá, acolá. – E você? E você? E você?
– Basta – finalmente ordenou o presidente do Tribunal. – Isto aqui não é o Politburo. Não estamos aqui para aturarmos a sua arenga, como se fôssemos bonecos.
– Então deixem de se comportar como bonecos. Que acusações insignificantes são essas? Quem se importa se deixaram, quinze anos atrás, algum ator que enfrentava dificuldades morar num apartamento de dois quartos em vez de um? Se é só isso o que vocês foram capazes de descobrir para me acusar, então não devo ter errado muito durante os trinta e três anos em que fui timoneiro da nação.
[– *Ele disse "timoneiro" de novo. Acho que vou engasgar.* – Mas, em vez disso, Atanas cuspiu uma baforada de fumaça em cima de Stoyo Petkanov.]
– Você preferiria a acusação – tomou Solinsky a liberdade de insinuar – de ter estuprado e saqueado o país, de vandalismo econômico?
– Eu não tenho nenhuma conta bancária na Suíça.
[– *Então deve estar em outro canto.*]
– Responda à pergunta.
– Nunca tirei nada deste país. Vocês falam de estupro e de saque. Sob o socialismo, nós nos beneficiávamos de um amplo suprimento de matérias-primas dos nossos camaradas soviéticos. Agora vocês convidam os americanos e os alemães a vir saquear e estuprar.
– Eles investem.
– Ah, ah. Eles colocam um pequeno capital no nosso país para poder tirar muito mais. São os métodos do capitalismo e do imperialismo, e os que permitem que isso aconteça não são apenas traidores, mas também cretinos econômicos.

– Obrigado pela lição. Mas ainda não nos disse quais as acusações que prefere. Quais os crimes que está preparado para confessar?
– Como é fácil para você falar de crimes. Admito que cometi erros. Como milhões de meus compatriotas, trabalhei e errei. Trabalhávamos e errávamos, e a nação progredia. Não se pode tomar fatos isolados, para acusar o chefe de Estado, fora do contexto da época. Por isso estou aqui não só me defendendo, mas também àqueles milhões de compatriotas que trabalharam com tanto altruísmo durante todos aqueles anos.
– Então o senhor talvez pudesse contar ao tribunal a respeito desses "erros" que se digna a admitir, e que não chegariam a ser, convenientemente, crimes.
– Claro – respondeu Petkanov, assustando o procurador. Ele achava que o réu era incapaz de uma palavra tão simples como aquela. – Assumo a responsabilidade pela crise pré-12 de outubro, e gostaria de ver a minha parcela de responsabilidade apurada. Acho que eu talvez deva – prosseguiu com sua mais exagerada entonação de estadista – deva ser julgado pela dívida externa da nação.
– Ah, pelo menos o Sr. é responsável por alguma coisa. Conseguiu recordar alguma coisa e também se declara responsável por ela. E qual a sentença que o Sr. acha justa para alguém que aumenta muito a dívida externa da nação na tentativa de se manter no poder, ao ponto de que ela agora representa o salário de dois anos para cada homem, mulher e criança no país?
– Grande parte disso é responsabilidade de vocês – respondeu com facilidade Petkanov –, já que, se não me engano, a taxa de inflação está atualmente em 45%, ao passo que no socialismo a inflação não existia, porque usávamos métodos científicos para combatê-la. É óbvio que, na época da crise pré-12 de outubro, consultei os mais eminentes peritos econômicos do Partido e do Estado, em cujos relatórios por escrito confiei, mas desejo que minha parcela de responsabilidade seja apurada. E é claro, então – prosseguiu com uma satisfação mais evidente –, que isso será uma questão para ser julgada pelo povo.

– Sr. procurador-geral – disse o presidente do Tribunal –, acho que já é tempo de voltarmos a assuntos mais imediatos.

– Muito bem. Agora, Sr. Petkanov, em 25 de junho de 1976 o Sr. cedeu, ou mandou ceder, ou permitiu que fosse cedido ao citado Milan Todorov um apartamento de três quartos no bloco Dourado do conjunto Aurora?

Petkanov sentou-se, fazendo um gesto de repúdio com a mão.

– Você possui um bom apartamento? – perguntou a ninguém em particular. – Você possui? E você? E você? – Virou-se na cadeira dura e dirigiu-se à guarda matronal postada atrás dele. – E você?

[– Eu tenho uma porcaria de apartamento – disse Dimíter. – Eu tenho vinte por cento de uma verdadeira merda de apartamento.

– O que espera? Você deve salários de dois anos ao Presidente Bush. Sorte sua não ter de morar com os ciganos.

– Nós trabalhamos e erramos. Nós trabalhamos e erramos.

– Certamente erramos.]

Maria Solinska esperou uma hora em frente ao bloco Amizade 1 antes de conseguir pegar um ônibus. Não, não tenho um bom apartamento, pensou ela. Quero um apartamento que tenha mais espaço para Angelina, onde não cortem a eletricidade a cada duas horas, onde a água simplesmente não seque nas torneiras como aconteceu naquela manhã. A cidade inteira parecia estar entrando em colapso. A maioria dos carros não circulava nas ruas devido à falta de gasolina. Mesmo os carros convertidos para gás se encontravam agora sob mortalhas de plástico, já que o gás fora restringido ao uso doméstico. Os ônibus funcionavam quando um carro-pipa trazia óleo, quando os mecânicos conseguiam fazê-los pegar empurrados, quando os bandidos que os dirigiam faziam o favor de aparecer, para variar, em vez de ficar correndo atrás de dólares no mercado negro.

Ela estava com quarenta e cinco anos. Ainda atraente, pensou ela, embora não conseguisse deduzi-lo com certeza das raras atenções que lhe dispensava Peter. No decorrer das mudanças, as pessoas estavam por demais ocupadas, ou cansadas, para fazer amor: outra coisa que entrara em colapso. E depois, quando faziam, tinham medo das consequências. Segundo as estatísticas, durante o último ano, a quantidade de nascimentos havia sido superada tanto pelos abortos como pelos falecimentos. O que revela isso a respeito de um país?

Realmente, a mulher do procurador-geral não deveria ser obrigada a ir de ônibus para o trabalho, espremida por gordos traseiros camponios. Ela sempre trabalhara duro, dando o melhor de si, assim lhe parecia. O pai fora um herói da Luta Antifascista. O avô, um dos mais antigos membros do partido, em que ingressou antes do próprio Petkanov. Ela não o conheceu, e durante anos mal se ouviam referências a seu respeito, mas, desde que chegara aquela carta de Moscou, podiam novamente sentir-se orgulhosos dele. Quando ela mostrou o certificado a Peter, ele se recusou a compartilhar sua alegria, com o comentário ranzinza de que dois erros não faziam um acerto. Isso era típico de seu comportamento recente, presumida e serenamente convencido.

Ela se casara com ele aos vinte anos. Quase de imediato o pai dele cometeu uma burrice; as pessoas diziam que tivera a sorte de escapar com um exílio no campo. E a seguir, quase com a mesma idade, Peter abandonou o partido, de modo provocador, sem nem mesmo pedir o conselho dela. Havia algo instável nele, algo que buscava confusão, tal como acontecia com seu pai. E, então, ele se candidatou a atuar como acusação contra Stoyo Petkanov! Um professor de meia-idade querendo bancar o herói! Patético. Se perdesse, seria uma humilhação; mesmo que ganhasse, metade das pessoas ainda o odiaria, e a outra metade diria que ele deveria ter feito mais.

O tenente-general Gânin chegou, como antes, com uma pasta cor de manilha colada a ele. Talvez já acordasse assim, e a única maneira de se livrar desse estado era fazendo uma visita ao procurador-geral.

– Confiamos que os rumos do julgamento estejam indo de acordo com suas melhores expectativas.

– Obrigado. Conte-me a respeito. – Solinsky estendeu a mão e simplesmente pegou a pasta, obrigando o chefe de segurança a fazer um comentário.

— Sim. O relatório da investigação que fizemos sobre o trabalho na Divisão Técnica Especial na rua Reskov. Principalmente no período entre 1963 e 1980, quando a divisão foi transferida para o setor nordeste. Muitos relatórios da rua Reskov permaneceram intactos.
— Orgulho do trabalho que faziam?
— Quem sabe, Sr. procurador? — O general permanecia ansiosamente ereto diante dele, parecendo mais um tenente provinciano que uma figura-chave na reestruturação do país.
— General, agora outro assunto...
— Sim?
— Por acaso sabe... não é relevante, eu só me perguntava se o Sr. sabe o que aconteceu com aquele estudante, aquele barbudo, que lhe beijou na neve.
— Kovachev. Por acaso, sei sim. Ele organiza a fila dos vistos no consulado americano.
— Quer dizer que ele trabalha para os americanos?
— Não, não. O Sr. nunca os viu, os sujeitos na praça de São Basílio, o Mártir? Eles fazem fila para chegar ao consulado americano.
— Não compreendo.
— Eles não querem ficar na rua, do lado de fora do prédio. Têm vergonha, ou medo de que as pessoas os critiquem ou de se meter em confusão. Algo assim. Por isso organizam sua própria fila no jardim público, ao lado do portão ocidental. Kovachev é quem manda. Você recebe uma senha, e toda manhã aparece para ver se alcançou a cabeceira da fila. Se não alcançou, volta no dia seguinte. Ninguém rouba. Todo mundo obedece. É um organizador bastante bom.
— Precisamos tê-lo do nosso lado.
— Ele não quer aderir. Tentei. Mandou-me um cartão-postal quando ganhei isso aqui. — Gânin bateu automaticamente no ombro, como se sua mulher tivesse pregado dois carocinhos dourados no terno civil. — Dizia: QUEREMOS MAIS GENERAIS, NÃO QUEREMOS PÃO.

Peter Solinsky deu um sorriso. Aquele Kovachev parecia uma figura e tanto. Ao contrário do pesado general.
— Bem, onde estávamos?

Gânin voltou à sua rigidez habitual.
— Parece que o Sr. estaria interessado no resumo que fizemos da pesquisa efetuada na rua Reskov, já que diz respeito aos resultados alcançados no terreno da indução de doenças simuladas.
— Especialmente?
— Especialmente a indução de sintomas de parada cardíaca através de drogas administradas oral ou intravenosamente.
— Alguma coisa mais?
— Alguma coisa mais?
— Qualquer prova de uso específico em casos individuais, nesse trabalho de pesquisa?
— Não senhor. Neste arquivo, não.
— Bem, muito obrigado, general.
— Obrigado ao senhor, Sr. procurador.

Haviam passado outra longa tarde para chegar a lugar nenhum. Era como espremer uma esponja: na maior parte, a esponja estava seca, mas, do pouco em que não estava, a água escorria diretamente entre seus dedos. Exemplos perfeitamente comprovados da colossal cobiça do ex-presidente, de sua descarada ganância, de sua cleptomania, da fúria com que malversava fundos, pareciam simplesmente sumir no Tribunal, diante dos olhares de vários milhões de testemunhas. Aquela fazenda na província do Nordeste? Um presente de aniversário dado pela agradecida nação no vigésimo aniversário de sua nomeação para chefe de Estado, mas de qualquer maneira era apenas em usufruto, ele raramente ia lá e, quando ia, era para entreter autoridades estrangeiras e assim promover a causa do socialismo e do comunismo. Aquela casa no Mar Negro? Oferta da União dos Escritores e da Editora Lênin como reconhecimento pelos serviços prestados à literatura e como recompensa por ter aberto mão da metade dos direitos autorais de seus *Discursos, escritos e documentos coligidos* (32 volumes, 1982). Aquele pavilhão de caça nas colinas ocidentais? O Partido Comunista, em homenagem ao quadragésimo aniversário da bem-sucedida candidatura do presidente a uma carteira do partido, havia generosamente votado... e assim por diante, e assim por diante.

À medida que o processo avançava, Petkanov parecia, em vez de menos, mais imprevisível. O procurador-geral nunca sabia, no início de uma sessão, se o réu responderia a ele de modo flagrantemente agressivo, ou com jovialidade, com filosofia barata, sentimentalismo ou um mutismo teimoso, muito menos quando ou por que ele trocaria um modo por outro. Seria alguma estranha esperteza estratégica, ou verdadeira indicação de uma personalidade profundamente instável? Ao volante de seu carro, a caminho do Ministério da Justiça, carregando uma pasta de provas superficialmente incriminadoras, Peter Solinsky pensava que seu plano de conhecer Petkanov para melhor prever seus movimentos só progredira até então muito pouco. Será que jamais entenderia o caráter do homem?

Quando chegou ao sexto andar, encontrou o ex-presidente, na maior animação, como se tivesse escolhido seu estado de espírito só para aborrecer. Quem, afinal de contas, era Stoyo Petkanov, senão uma pessoa normal, com um caráter normal, que vivera uma vida normal? E por que não haveria isso de deixá-lo profundamente alegre?

– Peter, você sabe, eu estava recordando. Quando eu era garoto, costumava participar das excursões da União da Juventude Comunista. Lembro-me da primeira vez em que escalamos o monte Rykosha. Era final de outubro, e a neve já havia caído, e você não conseguia ver da cidade o pico da montanha devido à altura das nuvens.

– Não se pode vê-lo o ano todo, agora – comentou Solinsky. – Por causa da poluição. Que progressos fizemos.

– E escalamos a manhã inteira. – Petkanov não se deixou perturbar pela interrupção; a história dele seguia seus trilhos. – O solo era desigual, com muitas pedras, o caminho nem sempre era visível, e tivemos várias vezes de atravessar o rio de pedras. É um fenômeno... geológico. Não sei o nome. Em seguida, entramos numa nuvem; não conseguíamos enxergar aonde estávamos indo, e ficamos contentes de o caminho ser bem demarcado, de outras pessoas já o terem trilhado antes de nós.

"Estávamos começando a ficar com fome e um pouco desanimados, embora nenhum dos camaradas reclamasse, e com as botas molhadas e os músculos doendo, quando de repente emergimos da nuvem. E lá em cima, acima do tapete de nuvens, o sol brilhava, o céu era azul, a neve começava a gotejar, e o ar era puro. Espontaneamente, sem ninguém planejar, começamos todos a cantar 'Trilhando o Caminho Vermelho', e, cantando, fomos subindo até o cume da montanha, de braços dados e marchando juntos."
Petkanov dirigiu o olhar para o visitante. Há décadas que a história provocava suspiros e gestos afirmativos de cabeça, e o enxugar de lágrimas; tudo o que Solinsky lhe devolveu foi uma belicosidade expressa nos olhos negros.
– Poupe-me suas analogias baratas – disse o procurador-geral. Meu Deus, ele as ouvira a vida toda, parábolas, exortações, moralidade feita sob medida, os pedaços da sabedoria camponesa. Ele citou um que lhe viera aleatoriamente à cabeça. "Para plantar uma árvore, é preciso primeiro cavar um buraco."
– É verdade – respondeu benevolentemente Petkanov. – Já viu uma árvore plantada sem que se cave um buraco?
– Não, provavelmente não. Por outro lado, já vi buracos por demais cavados, onde esqueceram de plantar as porras das árvores.
– Peter, filho do meu velho amigo. Seria um erro achar que não sei nada. Só sei que as pessoas vivem com aquilo que você chama de analogias baratas.
– Estou contente por você ter dito isso. Sempre soubemos que, no fundo, você desprezava o povo, que nunca confiou nele. É por isso que vivia o tempo todo espionando-o.
– Peter, Peter, você pode conhecer a minha voz, mas deveria fazer um esforço para ouvir o que eu efetivamente digo. Poderia, além do mais, ser-lhe útil no seu poderoso papel de procurador-geral.
– E daí?
– E daí que o que eu disse foi que as pessoas vivem com *aquilo que você chama de analogias baratas*. Não sou eu quem as despreza, e sim você. Seu pai foi por algum tempo um teórico. Será que ele hoje

tem belas teorias sobre as abelhas? Você mesmo é um intelectual, todo mundo pode perceber. Eu sou apenas um homem do povo.
 – Um homem do povo cujos discursos e documentos coligidos chegam a trinta e dois volumes.
 – Então, um esforçado homem do povo. Mas eu sei como falar a ele, e como escutar.

Solinsky sequer chegou a protestar. Estava começando a sentir certo cansaço. Deixasse o velho continuar com sua tagarelice, já não estavam no Tribunal. Não acreditava em nada do que Petkanov dizia, e duvidava que o ex-presidente acreditasse. Haveria uma expressão de retórica para denotar esse tipo de conversa desigual, em que um monólogo hipócrita contracenava com um silêncio desenhoso?
 – O que significa que eu sei o que o povo deseja. O que o povo deseja, Peter, você pode me dizer?
 – Parece que hoje quem encarnou o perito foi você.
 – Sim, é verdade, sou perito. E o que quer o povo? Quer estabilidade e esperança. Nós lhe demos isso. As coisas podiam não ser perfeitas, mas com o socialismo as pessoas podiam sonhar que um dia seriam. Vocês só lhe deram instabilidade e desesperança. Uma onda de crimes. O mercado negro. Pornografia. Prostituição. Mulheres tolas falando besteiras diante dos padres, novamente. O assim chamado príncipe real oferecendo-se como salvador da pátria. Vocês têm orgulho dessas rápidas conquistas?
 – Sempre houve crime. Só que você mentia a respeito.
 – Vendem pornografia na escadaria do mausoléu do Primeiro Líder. Acha isso engraçado? Acha isso esperto? Acha que isso significa progresso?
 – Bem, ele não está lá dentro para ler.
 – Acha que isso é o progresso? Vamos, diga-me, Peter.
 – Acho – respondeu Solinsky, que, apesar de todo o seu cansaço, conservava sua esperteza advocatícia –, acho adequado. – Petkanov lançou-lhe um olhar furibundo. – O Primeiro Líder, especialista em pornografia, quem diria.
 – Não tem comparação.

— Ah, tem sim, exatamente. Você disse que dava ao povo esperança. Não, o que lhe dava era fantasia. Tetas enormes e gigantescos paus, era isso o que seu Primeiro Líder vendia, o equivalente político, pelo menos. O socialismo de vocês era uma fantasia parecida. Mais fantástica ainda, na verdade. Pelo menos há um pouco de verdade naquilo que vendem do lado de fora do mausoléu. Alguma verdade naquela merda.

— Quem está se saindo agora com analogias baratas, Peter? E que coisa deliciosa ouvir o procurador-geral defender a pornografia. Você tem igual orgulho da inflação, do mercado negro, das putas na rua?

— Há dificuldades – admitiu Solinsky. – Este é um período de transição. É preciso haver reajustes dolorosos. Precisamos compreender a realidade da economia. Precisamos fabricar bens que as pessoas queiram comprar. Depois disso, conquistaremos a prosperidade.

Petkanov gargalhava com enorme prazer.

— Pornografia, meu caro Peter. Tetas e picas. Tetas e picas para você também.

— Sabe o que eu acho?

— Você acha que deveríamos parar de assistir, Dimíter?

— Sim, mas agora sei por que acho isso.

— Cerveja, por favor.

— É o seguinte. Fomos criados, na escola, através dos jornais, da televisão e de nossos pais, pelo menos alguns deles, com a noção de que o socialismo era a resposta para tudo. Ou seja, de que o socialismo era certo, científico, de que todos os velhos sistemas já tinham sido testados e não funcionavam, e de que este aqui, no qual tínhamos tanta sorte de viver, este aqui era... correto.

— Ninguém pensava de fato isso, Dimíter.

— Talvez não, mas era o que pensávamos que as outras pessoas pensavam, não é? até percebermos, até descobrirmos que a maioria estava apenas fingindo. E aí chegamos à conclusão, não foi? de que o socialismo não era uma verdade política irrefutável, e de que cada problema tinha dois lados.

– Percebemos isso no seio materno.
– Sim, há sempre uma opção entre os dois.
– Muito engraçado, Atanas.
– Bem, o que estou tentando dizer, depois de assistir a este julgamento, dia após dia, de escutar a promotoria, de escutar a defesa, de ficar à espera da decisão dos juízes, é que estão sendo... estão sendo brandos demais com ele.
– Porque as acusações são muito banais.
– Não, nada disso. Porque esse espetáculo todo não representa a realidade. Porque se chega a um ponto em que não existem mais dois lados para cada problema, só um. Tudo o que sai da boca desse homem não passa de mentira, hipocrisia e merda irrelevante. Não se devia nem dar ouvidos a isso.
– Deveríamos ter um julgamento moral?
– Não, simplesmente nada. Deveríamos ter dito apenas que isto era uma questão unilateral. Só o fato de haver um julgamento já significa dar-lhe um falso crédito, significa admitir que, mesmo no pior dos casos, há um outro lado da história. E não há. Ponto. Quanto a certas questões, só há um lado. Ponto final.
– Bravo, Dimíter. Dê-lhe uma cerveja.
Permaneceram em silêncio durante algum tempo. Em seguida, Vera disse:
– Vamos estar na casa de Stefan amanhã. Na hora de sempre.

– Tenente-general, parece até que o Sr. está torcendo pela absolvição do ex-presidente.
– Sr. procurador? – O comandante das Forças Patrióticas de Segurança ficou atordoado.
– Bem, o Sr. sempre aparece na hora em que estou preparando meu interrogatório.
– Volto depois.
– Não, não. Conte-me apenas.
– Anotações referentes à linha política principal dos anos 1970 a 1975.

– Ignorava sua existência.
– Houve muita insatisfação durante aquele período... Ou melhor, houve muita insatisfação durante a primeira metade daquele período, com o desempenho e as ambições da ministra da Cultura. Solinsky permitiu-se sorrir. Realmente, aquele soldado se transformara, até bem demais, num burocrata.
– As forças de segurança desaprovavam certas sinfonias de Prokofief?
– Não. Bem, não exatamente, embora, agora que o Sr. tocou no assunto, tenha havido muita crítica em relação ao programa do Segundo Congresso Internacional de Jazz.
– Eu achava que o partido aprovava o jazz como a autêntica voz de um povo oprimido pelo capitalismo internacional.
– Aprovava. Isso foi repetido mais de uma vez. Mas o individualismo específico de determinado artista oprimido, somado ao interesse pessoal no bem-estar dele por parte da ministra da Cultura, foi tido como danoso ao futuro do socialismo.
– Sei. – Talvez houvesse vestígios de um senso de humor escondidos sob aquele terno arredondado. – Mas e daí?
– Daí que as ambições pessoais da ministra da Cultura foram consideradas perigosas e antissocialistas. O gosto dela por artigos de consumo importados foi tido como decadente e antissocialista.
– E músicos particulares importados?
– Isso também. E as próprias ambições e desejos do presidente em relação à sua filha, segundo as anotações para um relatório final que ainda não veio à luz, também foram julgados daninhos aos interesses do Estado.
– Foram mesmo? – Bem, isso era interessante. Quase nada tinha a ver com o Processo Crime Número 1, mas era particularmente interessante. – Está querendo dizer que o Departamento de Segurança Interna assassinou-a?
– Não.
– Que pena.
– Não possuo provas para afirmar isso.
– Mas se as achasses?

– Eu as entregaria ao senhor, claro.
– General, até onde diria que o DSI estava sob controle naquela época?
Gânin refletiu um pouco.
– Diria que tão controlado como sempre. Como sempre foi, quero dizer. Em alguns setores, havia um rígido controle e relatórios. Em outros, uma aprovação geral quanto a suas operações, mas nenhuma remessa de relatórios detalhados. E, em setores especiais, o DSI agia de acordo com sua própria interpretação do que seria melhor para a segurança do Estado.
– Quer dizer, riscavam gente do mapa?
– Com certeza. Não muitos, até onde podemos afirmar. E não durante alguns anos, apesar de tudo.
– Sem dúvida, uma escassez de impressões digitais.
– Exatamente.
Solinsky balançou lentamente a cabeça. Relatórios destruídos. Impressões digitais limpas. Cadáveres há muito tempo enviados ao crematório. Todo mundo sabia o que tinha acontecido, todo mundo soubera na época. E, no entanto, quando gente como ele estava tentando elaborar uma série de acusações contra o homem que mandava e desmandava no setor, era como se nada do gênero tivesse ocorrido. Ou como se o que havia ocorrido fosse de alguma maneira normal e, portanto, perdoável. A conspiração da normalidade, mesmo numa época louca.

E, como todo mundo sabia o que havia acontecido, todo mundo dera, de alguma forma silenciosa, seu consentimento. Ou será que isso seria demasiado sofisticado? Generalizar a culpa, eis outra conspiração popular moderna. Não, as pessoas não falaram em grande parte devido ao medo. Medo totalmente justificado. E uma parcela de seu trabalho, todo dia agora, na televisão, era ajudar a superar esse medo, reassegurando às pessoas que nunca mais seriam obrigadas a ceder a ele.

Stoyo Petkanov estava rindo ao entrar no Zil diante da escadaria do Tribunal do Povo. Há muitos anos que não andava num desses. Ele mesmo sempre usara um Mercedes, pelo menos nos últimos anos. Aquele Chaika que lhe haviam cedido até então era bom, embora a suspensão fosse meio dura. E nesta manhã, sob um pretexto qualquer, lhe haviam mandado aquela merda de limusine Zil, saída dos anos 1960. Bem, precisavam mais que isso para atingi-lo. Podiam ter mandado um jipe, e ainda assim ele estaria de bom humor. O que importava era o que acontecia no Tribunal. E ele tivera mais um dia bom. Aquele intelectual magricela de olhos saltados que haviam escalado contra ele estava ficando careca a olhos vistos. A velha raposa obrigava-os a dançar uma toada alegre.

Ele recostou-se no desconhecido banco e começou a compartilhar suas reflexões com o acompanhante.

– O problema de ser uma velha raposa – começou ele – é que...

Lá fora, um bonde no bulevar parou com um ranger soprano de aço. A comitiva parou. Ah, nada funciona com eles. Não conseguem nem fazer com que os ônibus andem. Examinou atentamente a multidão, atrás de uma barafunda de barreiras protetoras. Estão deixando que se aproximem mais que antes, pensou; pelo menos, mais do que quando ele tinha o Mercedes.

Petkanov reparou nuns vândalos, atrás da barreira mais próxima, agitando os punhos em sua direção. Fui eu que calcei esses sapatos nos seus pés, respondeu-lhes em silêncio; fui eu que construí o hospital onde nasceram, construí sua escola, dei a pensão de seu pai, mantive o país livre da invasão, e olhe só para vocês, seus vagabundos de merda, ousando agitar as patas para mim. Mas agora eles estavam fazendo mais que isso. Duas das barreiras tinham cedido e alguns sicários corriam em direção ao carro. Merda. Merda. Os filhos da puta. Os traidores espertalhões. É por isso que lhe tinham dado o Zil, tinham decidido fazer assim, bem escancarado... Em seguida, beijou o tapete vermelho surrado do chão do carro, e ali foi mantido imobilizado pelo peso de um miliciano. Ouviu o ribombar das batidas no metal, e de repente o tapete queimava-lhe o rosto, enquanto o Zil arrancava depressa, cantando os pneus e contornando o bonde parado. Foi mantido no chão até voltarem para o pátio

desnivelado do Ministério da Justiça (ex-Secretaria de Segurança do Estado).
– Ah, meu Deus – disse o soldado levantando-se de cima dele.
– O vovô se cagou todo. – E riu. O motorista e os demais milicianos juntaram-se a ele.
– A merda está dentro da outra perna da calça, agora – comentou o motorista.

Em seguida, humilharam-no por todo o percurso até o sexto andar, levando-o pelo caminho mais longo, exibindo-o a quantos encontravam, tentando inventar uma expressão nova a cada ocasião.
– O tio fez uma travessura nas fraldas.
– Está na hora do penico para o presidente.
Cada expressão diferente, não importava quão fraca, fazia com que rissem ainda mais. Finalmente, levaram-no a seus aposentos e deixaram que se limpasse.

Meia hora depois, Solinsky chegou.
– Peço desculpas pela momentânea falha da segurança.
– Eles puseram tudo a perder. A essa hora, você deveria estar exibindo meu cadáver à mídia americana.

Ele imaginou as manchetes mentirosas. Lembrou-se dos Ceausescu, de seus corpos desajeitados. Encurralados e fuzilados depressa depois de um julgamento secreto. Cravem as estacas nos vampiros, rápido, rápido. O corpo de Nicolae, aquele mesmo corpo que ele abraçara em tantas ocasiões oficiais, despido de vida. O colarinho e a gravata ainda arrumados, e uma expressão irônica, meio sorridente, naqueles lábios que ele, Stoyo Petkanov, tantas vezes beijara no aeroporto. Os olhos estavam abertos, lembrava-se do detalhe. Ceausescu estava morto, seu cadáver fora exibido na televisão romena, mas seus olhos ainda estavam abertos. Será que ninguém ousara fechá-los?

– Não foi o que você imaginou – disse Solinsky. – Apenas uns garotos que queriam bater no teto do carro. Não havia nenhuma arma com eles.
– Da próxima vez. Da próxima vez, vocês deixarão que o façam.

O velho tornou a ficar calado. Solinsky ouvira dizer que o ex-presidente se sujara todo. Pela primeira vez, ou quase, ele parecia encolhido e humilhado, apenas um velho sentado numa mesa de jogo com um pote de iogurte pela metade diante dele.

– Eles me amavam – desabou inesperadamente. – Meu povo me amava.

Solinsky se perguntou se devia deixar passar isso. Mas por que deveria? Só porque um tirano sujara as calças? Ele era o procurador-geral em tempo integral, devia lembrar-se disso. Então respondeu, lenta e enfaticamente:

– Eles o odiavam. Temiam e odiavam.

– Isso seria fácil demais – retrucou Petkanov. – Seria conveniente para você. Essa é a mentira de vocês.

– Eles o detestavam.

– Disseram que me amavam. Inúmeras vezes.

– Se surrarmos alguém com um pau e o mandarmos dizer que nos amam, e continuarmos batendo, batendo neles, mais cedo ou mais tarde acabarão por nos dizer o que queremos ouvir.

– Não era assim. Eles me amavam – repetia Petkanov. – Chamavam-me de Pai do Povo. Dediquei-lhes minha vida, e reconheciam isso.

– Você se apelidou de Pai do Povo. A segurança ostentava faixas, isso era tudo. Todo mundo o odiava.

Ignorando Solinsky, o ex-presidente levantou-se, caminhou até a cama e deitou-se. Dizia para si mesmo, para o teto, para Solinsky, para o miliciano surdo e mudo:

– Eles me amavam. É isso o que vocês não toleram. É isso o que vocês nunca conseguirão aceitar. Lembrem-se.

Em seguida, cerrou os olhos.

Em posição de repouso, parecia recuperar sua força e teimosia; os tecidos descontraíram-se em pregas, mas os ossos se tornaram mais duros e conspícuos. Quando Peter Solinsky estava prestes a desviar os olhos, localizou um prato de cerâmica sob a cama baixa, com uma planta espraiando-se pelo chão. Então o boato era verdadeiro. Stoyo Petkanov realmente dormia com um gerânio selvagem debaixo da cama, acreditando supersticiosamente que lhe traria sorte e uma longa vida. Era apenas um tolo capricho bobo do ditador, mas naquele instante deixou o procurador apavorado. Saúde e longa vida. Petkanov gostava de alardear que seu pai e seu avô tinham, ambos, chegado aos cem anos. O que fariam com ele nos próximos vinte e cinco anos? Peter teve uma visão súbita e nauseabunda da reabilitação futura do presidente. Viu uma série televisiva, *Stoyo Petkanov: minha vida, minha época*, estrelada por um animado nonagenário. Viu-se no papel de vilão.

O ex-presidente começou a roncar. Até mesmo quanto a isso, era imprevisível. Seu ronco não traía nenhuma fragilidade ou qualquer aspecto cômico; em vez disso, parecia estar dispensando as pessoas, era quase imperioso. Obedientemente, o procurador-geral se retirou.

Ele ficara decepcionado com os outros. Fugindo, morrendo, ficando doentes. Como bom camponês, desprezava a doença. Tinham amolecido, envelhecido. Como eram aqueles versos que aprendera em Varkova? Aquilo tinha sido um teste de resistência. Trabalho forçado, surras dos guardas, e o temor constante da visita dos fascistas, com suas camisas verdes e armas a girar. Um comando da Guarda de Ferro tinha deixado seis camaradas mortos em suas celas, enquanto os guardas da prisão jogavam cartas. Aquele que cursou a dura escola de Varkova, gostava Petkanov de dizer, jamais abandonará a causa do socialismo e do comunismo. E o que cochichara para ele, em sua primeira semana lá dentro, um camarada no pátio de exercícios?

O eco do muro revela
A podridão da pedra, não a das almas.

Ele mantivera sua fé. Seu país fora um modelo de socialismo, o mais fiel aliado da União Soviética, até que as fraquezas e as traições começassem. Como eram fortes há até bem pouco tempo, como eram unidos. Que respeito o mundo devotava a eles, que medo. A ação firme, fraterna e decisiva de 1968 demonstrara-o ao mundo. A América fascista estava sendo humilhada em sua aventura imperialista no Vietnã, o socialismo ganhava terreno no mundo inteiro, na África, na Ásia, na Europa. Era um tempo de grandes esperanças, quando os líderes marchavam orgulhosamente ombro a ombro.

Agora olhem só para eles. Erich fugindo para Moscou, enfurnando-se feito um rato na Embaixada chilena, esperando um avião que o levasse para a Coreia do Norte. Kadar morto, depois da traição de ter aberto suas fronteiras: não se podia confiar num húngaro. Husak, também morto, carcomido por um câncer, aceitando totalmente os últimos rituais de um padre, derrubado por aquele escriba que ele devia ter trancafiado pela vida inteira. Jaruzelsky não se mostrando à altura, aderindo ao outro lado, dizendo agora acreditar no capitalismo. Ceausescu pelo menos tombou lutando, se é que fugir e ser executado por um pelotão de fuzilamento pode ser considerado resistência. Ele sempre foi um cão danado, Nicolae, sempre correndo atrás da oportunidade mais segura, jogando os extremos contra o meio, recusando-se a participar da ação fraterna de 1968; mas pelo menos tinha algum colhão e tentou segurar as coisas até o fim.

E o pior de todos, aquele sujeito fraco e tolo no Kremlin, que parecia ter um cocô de passarinho na cabeça. Entrando naquele duelo publicitário com Reagan. Ei, por favor, gente, deixe-me abrir mão de mais uns SS-20s – será que agora vocês vão me botar na capa do *Time*? Homem do Ano. Mulher do Ano, pensou Petkanov. Os russos nem sequer estavam à altura, atualmente, de administrar um boteco de vodca. Olha só aquela tentativa de golpe. Foi patético Gorbachev se ter deixado surpreender. Patético os legalistas não terem tomado as iniciativas óbvias – tomado o rádio e a televisão, os jornais, tomado os prédios do parlamento, neutralizado as figuras perigosas. E o que fizeram? Deixaram que aquele fascista do Yeltsin virasse herói. O que acontecera com todas as lições da história, se nem mesmo os russos conseguiam organizar um golpe?

E, assim, sobrava ele. Ele previra o futuro, pelo menos a sua possibilidade, desde que o Comecon elevara o preço do petróleo em 1983. Então, Gorbachev começou a saracotear pelo Ocidente, em busca de dólares e de boa vontade. E agora tudo estava fodido. Gorbachev estava fodido – indo lecionar nos Estados Unidos, diziam, recebendo sua esmola, obrigado Sr. presidente, obrigado. A União Soviética, fodida, estilhaçara-se em pedacinhos; a RDA fodida; a Tchecoslováquia quebrar-se-ia em dois com a facilidade de uma cenoura; a Iugoslávia, fodida de cabo a rabo. Olhe o que havia acontecido com a RDA. Os capitalistas tomaram-na de assalto, faliram tudo, declararam-na ineficiente, jogaram todo mundo no desemprego, escolheram para si todas as casas antigas e bonitas para usar como segundas residências, modificaram ao máximo as leis para as alinharem com as leis capitalistas, e era isso, a RDA fodida. Aquela corredora loura, filha da mãe, que ganhava todos os campeonatos de atletismo, só sobrara ela da RDA. Orientais: cidadãos de quarta classe, desprezados, desempregados, ridicularizados por seus pequenos carros. Animais de zoológico.

E sobrara ele. "O eco do muro revela / A podridão da pedra, não a das almas." Já estivera preso antes, foi então que tudo começou, e sua alma não apodrecera então. Nem apodreceria agora. Jamais se arrastaria até um padre para morrer como Husak ou fugiria correndo para o Kremlin como Erich. O novo governo de fascistas loucos por plantas quis submetê-lo a julgamento. Sabiam exatamente o que lhes convinha: um velho fraco confessando seus crimes, assumindo a culpa por tudo em troca de sua vida. E ele desempenhara o papel correto nos interrogatórios preliminares. Recusara-se a cooperar, afirmara não reconhecer a autoridade deles, denunciara sua justiça burguesa, repetindo o tempo todo, de maneira cansada, que seu único desejo era que o deixassem retirar-se para o campo e viver seus últimos dias em paz. Fez isso dia após dia, até que tivessem certeza absoluta de uma coisa, do extremo desejo que tinham de submetê-lo a julgamento. O que sempre fora seu plano.

Ele não se importava com o que aconteceria à sua vida, mas se importava com o que aconteceria à sua crença. Estavam vendendo pornografia do lado de fora do mausoléu do Primeiro Líder. Os padres dançavam em cima das mesas. Os capitalistas estrangeiros estavam farejando o país como cães no cio. O príncipe real, como os jornais tornaram a chamá-lo, estava de olho nos palácios da família, dizendo que, obviamente, não voltaria no papel de monarca, apenas como homem de negócios tentando ajudar o seu país, se lhe permitissem. E, quando mandou sua mulher na frente e ela foi assistir a um jogo de futebol, ninguém prestou atenção no jogo. Aquela conversa toda de que o povo desejava um referendo sobre a volta da monarquia, como se isso já não tivesse sido decidido muitos anos antes. Os truques de sempre. Por que os jornais não publicavam aquela fotografia dos três tios do príncipe real trajando uniforme da Guarda de Ferro?

E sobrara ele, Stoyo Petkanov, Segundo Líder, timoneiro da nação, defensor do socialismo. Aquele babaca do Gorbachev tinha fodido com tudo. Viera aqui, em sua visita real, agitando suas duas palavrinhas no ar, esperando que todo mundo aplaudisse. Dizendo-nos, ao mesmo tempo, que infelizmente já não poderia aceitar nosso dinheiro em troca de petróleo. Só moeda forte. Sem ser aparentemente capaz de perceber a ironia de o secretário do Comitê Central do Partido Comunista da União das Repúblicas Socialistas Soviéticas estar solicitando dólares americanos a seu mais fiel aliado socialista. Ao lhe ser informado que a nação possuía muito poucos dólares, Gorbachev respondeu que a maneira de arranjar dólares era reestruturar o país com mais abertura.

Ele tivera orgulho do que acontecera em seguida.

– Camarada Secretário – dissera ele –, tenho uma proposta particular quanto à reestruturação. Meu país está atualmente sofrendo certas dificuldades temporárias, cujas causas ambos reconhecemos. Nossas duas nações sempre trilharam o caminho do socialismo, muito próximas uma da outra. Fomos seus aliados fiéis na oposição às forças contrarrevolucionárias em 1968. E, no entanto, o Sr. vem aqui e diz que a nossa moeda não vale mais para vocês, que uma nova separação será imposta aos nossos dois países. Isso não me parece necessário ou, se assim posso me exprimir, fraternal. Tenho uma ideia diferente para submeter ao Sr., uma visão diferente do futuro. Proponho que, em vez de nossos dois países trilharem cada um seu próprio caminho vermelho na travessia deste rio de pedras que acabamos de encontrar na grande montanha, proponho, em vez disso, estreitarmos ainda mais nossos laços.

Ele foi capaz de perceber que tinha de todo despertado o interesse de Gorbachev.

– O que quer dizer? – perguntou o russo.

– Proponho uma integração política total entre nossos dois Estados.

Gorbachev não esperava por isso. Não constava do protocolo das conversações preliminares. Não sabia como lidar com a situação. Viera dizer ao Segundo Líder o que este devia fazer no seu próprio país, tendo decidido de antemão que estava lidando com algum camarada idiota da velha escola, alguém que não entendia o sentido das mudanças no mundo. Mas foi ele, Stoyo Petkanov, quem apareceu com um plano, e o russo não gostou disso.

– Explique-se melhor – dissera Gorbachev.

Explicou-se. Falou do constante e fiel empenho da nação pelo socialismo, pelo internacionalismo e pela paz. Referiu-se à luta histórica de seu povo e suas contínuas aspirações. Tocou, candidamente, nas contradições que podem surgir e prejudicar a construção social, se não forem investigadas e não forem tomadas medidas corretas pelo partido e pelo Estado visando à sua solução. Sob a aparência de digressão, e, no entanto, seguindo bastante bem o fio da meada, ele recordou sua adolescente epifania no Monte Rykosha. Para concluir, falou entusiasticamente do futuro, de seus desafios e oportunidades.

– Pelo que posso compreender – disse finalmente seu visitante – o Sr. está propondo que seu país seja incorporado à URSS como a décima sexta república da União.

– Exatamente.

Ofereceram à defesa um dia de recesso, após o lamentável incidente nos portões do Tribunal. As defensoras públicas Milanova e Zlata-

rova, que o ex-presidente começara inesperadamente a consultar sobre assuntos de menor monta, foram a favor; mas Petkanov revogou a resolução delas. E no dia seguinte, enquanto o procurador-geral o pressionava uma vez mais a respeito de sua notória ganância pessoal, seu humor era benévolo, sua inocência, efervescente.
– Sou um homem comum. Preciso de pouca coisa. Eu nunca, durante todos os meus anos de timoneiro, pedi muita coisa para mim mesmo.
[– *O tolo pede muito, porém mais tolo é quem o concede.*]
– Tenho gostos simples. Não preciso de muitas coisas.
[– *Do que se poderia precisar, quando se é dono do país inteiro?*
– Mais até do que do país. Da gente também. Da gente.]
– Eu não tenho dinheiro escondido na Suíça.
[– *Então deve estar em outro lugar.*]
– Quando acharam ouro da Trácia na minha terra, doei-o voluntariamente ao Museu Nacional de Arqueologia.
[– *Ele prefere prata.*]
– Não sou como o presidente imperialista dos Estados Unidos, que se apresenta diante de seus compatriotas como gente simples, para depois deixar o cargo carregado de riquezas.
[– *A gente. A gente.*]
– Fui agraciado com inúmeras homenagens internacionais, mas sempre as aceitei em nome do partido e do Estado. Frequentemente dei para os orfanatos nacionais. Quando a Editora Lênin insistiu que eu recebesse direitos autorais pelos meus livros, já que de outro modo os escritores não seriam encorajados a fazê-lo, sempre doei metade deles aos orfanatos. Isto nem sempre recebeu divulgação.
[– *Somos nós os órfãos.*]
– Minha finada mulher nunca se vestiu com os costureiros de Paris.
[– *Pois devia. Monte de banha!*
– *Raisa! Raisa!*]
– Meus próprios ternos, por falar nisso, são feitos de tecido fabricado no centro de produção comunitária perto da minha aldeia natal.

Solinsky já estava farto. No início da sessão da manhã, talvez ainda estivesse disposto a deixar as coisas fluírem tranquilamente. Mas sua tolerância diminuía a cada dia, e o início do cansaço que sentia vinha acompanhado de náusea.

– Não estamos falando dos seus ternos. – Seu tom de voz era sarcástico e peremptório. – E não estamos com vontade de ficar ouvindo você descrever-se como modelo de virtude. Estamos investigando a sua corrupção. Estamos investigando a maneira como sangrou sistematicamente este país até a morte.

O presidente do Tribunal também estava começando a se sentir cansado.

– Seja específico – exortou. – Aqui não é lugar de simples denúncias. Deixe esse papel para os oradores nas praças públicas.

– Sim, senhor.

– Mas o que é corrupção? – Petkanov retomou melifluamente o assunto, como se o desabafo irritado de Solinsky meramente houvesse dado uma deixa. – E por que não falarmos de ternos?

Estava de pé, com as mãos em cima do cancelo acolchoado, uma figura compacta, a cabeça meio enterrada nos ombros, e um nariz inquiridor, empinado para farejar a atmosfera do Tribunal. Parecia ser a única pessoa dotada de alguma energia naquele dia; era ele quem empurrava o Tribunal para a frente.

– Será que a corrupção não está no olhar de quem acusa? Deixe-me dar-lhes um exemplo.

Fez uma pausa, consciente de que aquela oferta de informações concretas, comparada às suas negativas e costumeiras falhas de memória, despertaria obrigatoriamente atenção.

– O Sr., por exemplo, Sr. procurador-geral, lembro-me bem daquela vez quando o mandamos para Itália. No meio da década de 1970, não foi? O Sr. era, ou pelo menos então afirmava ser, um membro fiel do partido, bom comunista, autêntico socialista. Mandamos o Sr. para Turim, como deve estar lembrado, integrando uma delegação comercial. Demos-lhe também uma quantia em moeda forte, o que era um privilégio, fruto do trabalho de seus compatriotas. Mas lhe demos uma quantia.

Solinsky olhou para o estrado. Não sabia o que estava por vir – pelo menos ele esperava que não soubesse o que estava por vir. Por que o presidente do Tribunal não interviera? Não se tratava, isso também, de uma simples denúncia? Mas os três juízes lá estavam complacentemente de braços cruzados, demonstrando um exagerado interesse pela história de Petkanov.

– Como, haveria de perguntar o Tribunal, deve um bom comunista ter gasto a moeda forte fornecida pelo suor dos operários e camponeses? Teria ele comprado livros socialistas de autoria dos nossos fraternos colegas italianos, livros que mereceriam ser estudados? Ou doado, talvez, algum dinheiro a um orfanato local? Será que poupou o máximo possível, trazendo o que sobrou para casa e devolvendo-o ao partido? Não, não, não, nada disso. Gastou parte da quantia na compra de um terno italiano, a fim de parecer mais elegante que seus camaradas quando voltasse para casa. Gastou outra parte com uísque. E o resto gastou – Petkanov fez outra pausa, um velho canastrão há muito ciente da eficácia dos truques da canastrice –, e o resto gastou levando uma mulher local para jantar num restaurante caro. Eu lhes pergunto sinceramente, será isso corrupção?

Ficou à espera, com o nariz empinado, a armação dos óculos a brilhar nos refletores da TV, e, antes que alguém presumivelmente desse uma resposta, prosseguiu:

– A mulher voltou com o procurador, depois, para o seu quarto de hotel, onde, nem é preciso dizer, passou a noite.

[– *Puxa!*

– *Essa ele tomou no cu.*

– *Coitado do velho Solinsky. Tomou no cu.*]

O procurador pôs-se de pé, o presidente do Tribunal consultava seus assessores, mas Stoyo Petkanov continuava a berrar para seu adversário.

– Não negue. Eu vi as fotografias. Ela era muito bonita de corpo. Dou-lhe os parabéns. Vi as fotografias. Diga-me, o que é corrupção? Parabéns. Eu vi as fotografias.

O juiz terminou rapidamente a sessão, o diretor de TV abafou o som enquanto mandava a câmera número um ficar grudada nas feições alarmadas do procurador, os estudantes se calaram por um instante, a avó de Stefan soltou uma gargalhada sozinha na cozinha enquanto a televisão transmitia para uma sala vazia, e Peter Solinsky descobriu, ao voltar para casa furioso e traído, que haviam arrumado uma cama para ele no chão do seu escritório. Lá dormiria, tendo apenas o distante Aliosha por companhia, até o término do julgamento.

E aquele babaca fraco com cocô de passarinho na cabeça tinha sido tão hipócrita, tinha traído tanto o socialismo! Quando Gorbachev chegou para sua rodada de consultas urgentes, que consistiam em informar a seus mais antigos e próximos aliados que, se não aparecessem com os dólares fortes e quentes de Tio Sam, seriam jogados na latrina, ele lhe havia proposto o negócio mais audacioso da história política do país.

– Camarada secretário – dissera ele –, eu proponho uma integração plena entre nossos dois países.

Que golpe! Exatamente quando os boateiros e lacaios da imprensa capitalista aumentavam ainda mais as calúnias quanto ao iminente colapso do socialismo, ser capaz de naquele exato momento dizer: olhem, o socialismo está crescendo e desenvolvendo-se, vejam bem como duas nações socialistas juntam seus destinos, como a União das Repúblicas Socialistas Soviéticas agora dispõem de um décimo sexto membro! Como isso teria confundido os caluniadores!

Mas Gorbachev havia recusado sua proposta sem nem sequer ter tido a cortesia de refletir. Ele fizera a mesma proposta a Brejnev uma década antes, e pelo menos Leonid refletira sobre ela durante alguns meses, antes de exprimir suas fraternas desculpas. Ao passo que Gorbachev a havia desprezado.

– Não é isso o que nós compreendemos por reestruturação – respondera ele, insinuando a seguir que o plano revolucionário de Petkanov seria motivado pelo desejo de não pagar a sua conta do petróleo.

Agora o mundo podia ver o que aquele bobo, que se dava tanta importância, compreendia por reestruturação. Deixar a URSS – o que Lênin construíra, o que Stálin e Brejnev haviam defendido –, deixar aquilo tudo se foder. Deixar as repúblicas se mandarem quando quisessem. Mandar o Exército Vermelho abandonar suas fraternas bases e voltar para casa. Sair na capa do *Time*. Jogar-se no chão por um punhado de dólares, como uma puta, no vestíbulo do Sheraton Hotel. Chupar o pau do Reagan e depois o de Bush.

E quando as repúblicas fizeram fiau para ele, quando deixou que a União Soviética e a causa do socialismo internacional fossem humilhadas por aqueles paisezinhos bálticos de merda, quando teve sua última chance de defender a União, de salvar o partido e a revolução, de enviar as porras dos tanques, pelo amor de Deus, como agiu ele? Como uma *babushka* idiota, vendo suas batatas cair por um buraco da sacola de compras. Ah! lá se vai mais uma, meu Deus, mas não tem importância, tem muito mais. Ah! e mais uma, mas também não importa, aquela batatinha queria escapulir mesmo. E, ei! outra batatinha, mas ainda assim eu não estava com fome, não é? E a velha e imbecil *babushka* volta para casa com a sacola vazia. Mas não importa, porque há anos que o *dedushka* não tem coragem de levantar a mão contra ela. "Todas as batatinhas se foram", informa-lhe ela. "Vamos tomar água quente de novo no jantar." "Foi isso o que tomamos ontem", diz o *dedushka*, reclamando. "Você acaba se acostumando", responde ela, deixando a torneira escorrer. "Além do mais, a maioria das batatas estavam podres."

E aquele babaca no Kremlin tinha sido tão hipócrita, também. É claro que Petkanov não estava sugerindo que sua proposta de união política fosse posta em prática imediatamente, sem discussão, sem uma plena avaliação dos fatores econômicos. Sua oferta tinha sido, pelo menos naquela etapa e principalmente, uma expressão de solidariedade, de boa vontade, de bons propósitos. Ao passo que Gorbachev reagira como se sua motivação fosse levar vantagem econômica a curto prazo, como se seu plano audacioso não passasse de um desejo de ver cancelada a dívida de seu país.

E o que estava acontecendo aquele tempo todo? Gorbachev estava ocupado em vender a RDA para a República Federal Alemã. *Vendendo* o lado oriental para o Ocidente. Dezesseis milhões de cidadãos socialistas colocados no maior leilão de escravos da história da humanidade, com toda a sua terra e suas casas, seu gado e seus empreendimentos. Por que ninguém protestou contra *aquilo*? Uns poucos marginais e descontentes, durante os últimos dias de Erich como timoneiro, ficaram se queixando das restrições necessárias ao direito de sair do país. Mas será que alguém se queixou de ser vendido como um porco no mercado rural? Dezesseis milhões de cidadãos da RDA em troca de 34 bilhões de Deutschmarks – foi esse o negócio que Gorbachev fechou com Kohl num dos feitos mais negros e vis da história do socialismo. E, no final, Gorbachev conseguiu arrancar de Kohl mais de 7 bilhões de Deutschmarks e voltou para casa muito contente, como a *babushka* idiota que ele era. Quarenta e um bilhões de Deutschmarks era, então, o preço da traição, as trinta moedas de prata do socialismo. E deixaram-no fazer isso. O Exército, a KGB, o Politburo só conseguiram promover um golpe fraquinho, malogrado. Deixaram-no fazer isso, deixaram-no entregar tudo.

"O eco do muro revela / A podridão da pedra, não a das almas!" Mas o cheiro que recentemente emanava da Mãezinha Rússia recendia a almas apodrecidas.

– Acho que gostarão de ouvir uma piada agora – disse Atanas.
– Você adivinha todos os nossos desejos.
– Adivinho?
– Claro. E adivinhará que deve me passar uma cerveja antes de contar sua piada.
– Você tem o cansaço de um homem que carrega dois anos da dívida nacional pendurados no pescoço.
– Vamos lá, Atanas.
– Esta é uma história das planícies envolvendo três homens, que passo a chamar de Ghele, Voute e Gyore. É uma história especialmente sob medida para quem não consegue ir buscar a própria cerveja. Um dia, esses três bons camponeses estavam à toa às mar-

gens do rio Iskur, conversando sobre generalidades, como costuma acontecer com as pessoas em histórias assim.

— "Agora, Ghele", disse um deles, "se você fosse um rei e tivesse todos os poderes de um rei, o que mais gostaria de fazer?"

— Ghele pensou um pouco e finalmente disse: "Bem, essa é meio difícil. Acho que faria um mingau para mim, e poria nele gordura à vontade. Depois disso, não precisaria de mais nada."

— "E você, Voute?"

— Voute pensou um pouco mais que Ghele, e finalmente respondeu: "Eu sei o que faria. Eu me enfiaria num monte de palha e lá ficaria o tempo em que eu quisesse."

— "E você, Gyore?" — perguntaram os outros dois. "Que faria se fosse rei e tivesse todos os poderes de um rei?"

— Bem. Gyore pensou sobre isso mais tempo que os outros. Coçou a cabeça, mexeu-se, mordeu um talo grande de mato, e pensou, e ficou mais zangado e mais zangado. No final, disse: "Que diabo, vocês dois escolheram as melhores coisas. Não sobrou nada para mim."

— Atanas, isso é uma piada da época das mudanças, da época negra do comunismo, ou da época da monarquia fascistoide?

— É uma piada de todas as épocas e dirigida a todas as pessoas. Cerveja.

— General?

— Sr. procurador. Em primeiro lugar, gostaria de exprimir...

— Não exprima. Não se dê o trabalho, general. Conte-me só.

— O documento máximo, senhor. Para começar.

Solinsky abriu a pasta. A primeira folha intitulava-se simplesmente MEMORANDO e datava de 16 de novembro de 1971. Não havia indicação, no cabeçalho, de qualquer ministério ou departamento de segurança. Apenas uma declaração batida a máquina em meia página, terminando por duas assinaturas. Nem sequer assinaturas, rubricas. O procurador-geral leu-a devagar, abstraindo-se automaticamente do jargão à medida que avançava. Isso era uma das poucas técnicas que se aprendia no socialismo: a capacidade de filtrar as distorções burocráticas da linguagem.

O memorando dizia respeito aos problemas conjuntos do descontentamento interno e das calúnias externas. No exterior, havia exilados a soldo dos americanos fazendo transmissões radiofônicas mentirosas sobre o partido e o governo. E, no país, havia gente fraca e influenciável que ouvia tais mentiras, tentando em seguida propagá-las. Calúnia em relação ao Estado, segundo o código penal, era uma forma de sabotagem que como tal deveria ser punida. Foi nesse ponto que a interpretação de Solinsky falhou. Os sabotadores, leu ele, deveriam ser "desencorajados mediante todos os meios necessários".

– "Todos os meios necessários"?

– É o termo mais forte – respondeu Gânin. – Muito mais forte que "meios necessários".

– Compreendo. – O general talvez estivesse adquirindo um senso de humor. – E de onde vem esse documento?

– Do prédio antes ocupado pelo Departamento de Segurança Interna, no bulevar Lênin. Mas vale a pena examinar as assinaturas.

Havia duas. Apenas rubricas. KS e SP. Kálin Stanov, então chefe do DSI, mais tarde encontrado num vão de escada com o pescoço quebrado, e Stoyo Petkanov, presidente da República, secretário do Comitê Central, comandante em chefe das Forças Patrióticas de Defesa.

– Stanov? Petkanov?

O general balançou a cabeça.

– Onde apareceu isso?

– Como disse, no prédio do bulevar Lênin.

– Pena que Stanov esteja morto.

– É isso mesmo.

– A assinatura de Petkanov apareceu em mais alguma coisa?

– Em nada que descobrimos até agora.

– Algum indício de que ele compreendesse o termo "todos os meios necessários"?

– Em relação a, Sr. procurador...

– Qualquer evidência de casos específicos, qualquer autorização específica, qualquer instrução do presidente, qualquer relatório específico dando-lhe um retorno sobre o que tinha acontecido com esses... supostos sabotadores?
– Até agora não.
– Então como supõe que isso possa me ajudar? – Ele empurrou sua cadeira para trás, e seus olhos eram duas azeitonas brilhosas a olhar severamente para o comandante da segurança. – Existem regras em relação às provas. Sou advogado. Sou *professor* de direito – acrescentou enfaticamente. Mas naquele momento não se sentia especialmente um deles. Alguns anos antes, um amigo seduzira uma garota num campo, com o auxílio de alguns presentinhos e determinadas promessas que não tinha intenção alguma de cumprir. A garota, oriunda de uma família severa, finalmente concordou em ir para o mato com ele. Acharam um local tranquilo e começaram a fazer amor. A garota parecia desfrutar totalmente da experiência, mas, quando estava prestes a alcançar o gozo, abriu de repente os olhos e exclamou: "Meu pai é um homem muito honesto." O amigo do Solinsky disse que precisou de todo o seu autocontrole para não desatar a rir.

– Então, deixe-me falar com o Sr. por um instante como se não fosse um professor de direito – disse Gânin. Parecia algo mais atarracado agora, sentado no lado da mesa oposto ao do procurador de rosto chupado. – Nós, os homens das Forças Patrióticas de Segurança, como disse, esperamos que o seu esforço no Processo Crime Número 1 seja recompensado, apesar... apesar da revelação de certas coisas constrangedoras. É importante levar adiante este julgamento, para o bem da nação. É igualmente importante que o réu seja condenado.

– Se for culpado – retrucou Solinsky espontaneamente. Meu pai é um homem muito honesto.

– Além do mais, sabemos que as acusações pelas quais está sendo julgado não são as mesmas pelas quais deveria estar sendo julgado, mas apenas aquelas que melhor haverão de condená-lo.

– Isso é uma questão formal.

– Mais ainda, sabemos que muitos outros altos funcionários do partido e criminosos diversos não foram levados a julgamento, de modo que o ex-presidente passou a ser também, por assim dizer, o representante deles no Tribunal.

– Se ele tivesse sido o único, poderíamos cobrir-lhe de presentes.

– Exatamente. Por isso, o que o Sr. precisa saber (o que o Sr. certamente sabe) é que a nação espera deste julgamento algo mais que uma condenação técnica baseada numa acusação menor de malversação de dinheiro público. Que é a direção que o Sr. está tomando no momento, com todo o respeito. A nação espera ver exposto o fato de que o réu é o pior criminoso de toda a nossa história. Essa é a sua tarefa.

– Não é, infelizmente, um delito que conste do Código Penal. Mas parece óbvio, general, que o Sr. me deseja dar algum conselho.

– Meu papel é apenas, creio eu, fornecer-lhe informações.

– Muito bem, general, então talvez o Sr. se disponha a resumir a informação que supõe me estar dando. – O tom de voz de Solinsky permanecia tranquilo, mas ele trepidava por dentro. Estava a ponto de fazer uma maldade escandalosa, voluptuosa. Brunira um bronze de Stálin e pairava sobre os bigodes dele com disposição furibunda.

– Eu colocaria a coisa da seguinte maneira: no final da década de 1960, o Departamento de Segurança Interna acreditou que a ministra da Cultura constituía uma influência perigosa, antissocialista, e que a intenção de seu pai de nomeá-la oficialmente como sua sucessora era daninha aos mais legítimos interesses do Estado. A Divisão Técnica Especial, na rua Reskov, estava trabalhando na indução de sintomas que simulassem os de uma parada cardíaca. No dia 16 de novembro de 1971, o presidente e o chefe da DSI, o finado general Kálin Stanov, autorizaram o emprego de todos os meios necessários contra os caluniadores, sabotadores e autores de crimes contra o Estado. Três meses depois, Anna Petkanova morreu de parada cardíaca, da qual nem mesmo nossos melhores especialistas conseguiram salvá-la.

– Obrigado, general. – Solinsky ficou chocado com a grosseira tentação de Gânin. – Devo dizer-lhe que o Sr. não daria para advogado.

– Obrigado, Sr. procurador. Devo dizer-lhe que minha ambição não é essa.

Gânin se foi. Meu pai é um homem muito honesto, repetia Solinsky. Meu pai é um homem muito honesto.

No trigésimo quarto dia do Processo Número 1, diante da Corte Suprema, foram ouvidas as seguintes testemunhas chamadas pelas defensoras públicas Milanova e Zlatarova:

1. O major da Segurança do Estado, Ognyana Atanasova, enfermeira particular do ex-presidente. Testemunhou que a única posse terrena do ex-líder era um único cobertor.

– Posso dizer-lhes, com toda a responsabilidade, que Stoyo Petkanov nunca foi pródigo com seu dinheiro – afirmou. – Eu costumava trocar os colarinhos de suas camisas, remendar suas meias e dar um novo corte às suas gravatas para acompanhar a moda.

2. O ex-deputado e primeiro-ministro Pavel Marinov. Ele testemunhou que em 1960, na Conferência Mundial dos Partidos Comunistas e dos Trabalhadores em Moscou o camarada Mao dissera ao presidente que também seria um grande timoneiro. "Você é muito enérgico", comentou Mao, "e vou nomeá-lo primeiro-ministro da República Internacional Socialista."

3. O ex-primeiro-ministro Georgi Kalinov. Testemunhou que era um mito considerar o ex-membro da nomenklatura um predador. Ele mesmo, no momento em que estava falando, possuía uma quantia em moeda corrente que equivalia a vinte dólares americanos, e estava tentando decidir se deveria investi-la no processo de privatização ou usá-la para comprar um novo par de sapatos. Explicou que as pessoas o achavam bem de vida porque tinha três carros, que ele comprara a preços simbólicos do Setor de Proteção da Segurança, entidade que prestava serviços aos altos funcionários estatais e partidários. Mas não se considerava dono deles, já que o Setor de Proteção da Segurança baixara instruções explícitas proibindo a revenda dos carros. Ao ser inquirido pela defensora pública Zlatarova sobre se idênticas condições proibindo a revenda não se aplicariam aos dezoito carros que a promotoria citara como sendo de propriedade do réu, respondeu o ex-primeiro-ministro Kalinov que certamente este seria o caso.

4. Ventislav Boichev, ex-ministro do Politburo. Testemunhou que os dólares dados pelo ex-presidente a seu filho tinham finalidade educativa, para encorajar o interesse do rapaz pela tecnologia. Inquirido sobre por que seu filho gastara o dinheiro para comprar uma Kawasaki e um BMW, respondeu o Sr. Boichev que para aumentar a capacidade defensiva da nação, já que o motociclismo ainda era um esporte paramilitar. Perguntado sobre por que seu filho não comprara modelos populares fabricados na União Soviética, o Sr. Boichev respondeu que ele mesmo não tinha licença de motorista e, portanto, não tinha competência para fazer maiores especulações. Quis acrescentar, no entanto, que de sua parte lamentava que as mudanças não tivessem ocorrido em 1968, afirmando, em seu nome, que estava pronto para ser crucificado numa estrela vermelha em prol de seu país.

5. Velcho Ganev, ministro da Fazenda de Petkanov. Testemunhou que tinha certeza de que os adicionais para entretenimento eram inteiramente legais. As normas, entretanto, eram "altamente secretas". Perguntado sobre por que as listas dos indicados para tratamento privilegiado haviam sido destruídas, o Sr. Ganev respondeu que as listas eram recibos, não folhas de pagamento. O que sabia da lei era que as folhas de pagamento tinham de ser guardadas durante cinquenta anos, mas que a mesma condição não se aplicava aos recibos.

No trigésimo sétimo dia do julgamento, na praça pública defronte ao Tribunal do Povo, debaixo de uma árvore de acácia desnuda em que haviam dependurado folhas e flores artificiais, a Sociedade Devinsky da segunda universidade da capital organizou um leilão, de brincadeira, de souvenirs pertencentes ao ex-presidente. Os licitantes eram obrigados a declinar seus nomes antes de fazer os lances, e entre os presentes se encontravam Erich Honecker, Saddam

Hussein, o imperador Bokassa, George Bush, Mahatma Gandhi, todo o Comitê Central do Partido Comunista Albanês, Josef Stálin e vários candidatos, de ambos os sexos, a amante secreto de Stoyo Petkanov. Os lances só podiam ser feitos em moeda forte. O cobertor do camarada Petkanov, descrito pelo leiloeiro como seu "único bem nesta terra", foi vendido a Erich Honecker por 55 milhões de dólares americanos. Dois pares de meias cerzidas e uma camisa de cilício, com o colarinho pregado pessoalmente pelo major da segurança de Estado Ognyana Atanasova, foram arrematados por 27 milhões de dólares americanos. Um par de sandálias de couro de porco, usadas pelo camarada Petkanov quando de seu primeiro contato com os combatentes da resistência que ele haveria de comandar durante a luta antifascista, foi vendido por 35 milhões de dólares americanos ao representante oficial do Museu de Mitologia. Umas calças com uma grande mancha marrom nos fundilhos, também usada pelo camarada Petkanov durante a luta antifascista, não foi arrematada. O imperador Bokassa arrematou os genitais do ex-presidente por dez cents, declarando que iria comê-los no jantar. Os cheques dos lances vitoriosos eram colocados na boca de uma grande efígie do Segundo Líder, que presidia o leilão. Mais tarde, a efígie, que balançava feliz da vida na ponta de uma corda enrolada no pescoço e amarrada num galho da acácia, declarou aos jornalistas estar satisfeita com o resultado do leilão, já tendo doado aquele montante aos órfãos desejosos de aprender o esporte paramilitar do motociclismo.

No trigésimo nono dia do julgamento, Vesselin Dimitrov, que havia previamente escapado de testemunhar devido a uma doença nervosa não especificada, tornou-se o último de um grupo de sete atores a fazê-lo. Explicou como seu pai, o deputado e secretário regional de uma província sulista, abordara um membro do grupo mais próximo ao presidente para que recomendasse ao camarada Petkanov, cujo espírito de mecenato era bastante conhecido, o caso de seu filho, comunista fiel e trabalhador esforçado junto ao Teatro Nacional do Povo, que enfrentava no momento problemas para encontrar

moradia. Duas semanas mais tarde, um apartamento de três quartos no conjunto Aurora ficou disponível, e o ator pôde mudar-se para lá.
— Para início de conversa, por que o Sr. ingressou no Partido Comunista?
— Porque todo mundo na minha família estava ingressando. Era a maneira de se dar bem.
— O que o Sr. contou às pessoas quando recebeu seu apartamento?
— Disse-lhes que eu tinha sorte. Tinha ficado vago de repente. Disse-lhes que às vezes as coisas funcionavam.
— O preço foi enormemente reduzido. Qual a explicação disso?
— Disseram-me que o apartamento vinha com subsídio para as artes.
— Como o Sr. pagou esse favor?
— Não compreendo.
— O que o Sr. fez em troca de obter um apartamento de três quartos pelo décimo de seu valor, sem nem sequer esperar os dez, quinze, vinte anos de prazo normal?
— Não foi assim. Nunca paguei a ninguém.
— O Sr. ensaiou e apareceu nas demonstrações espontâneas de mímica, com as quais o réu foi saudado ao sair do palácio no seu sexagésimo quinto aniversário?
— Sim, mas foi uma decisão voluntária.
— O Sr. apareceu em espetáculos particulares para o presidente e os escalões mais elevados da nomenclatura?
— Sim, mas sempre como uma decisão voluntária.
— O Sr. passava informações para um contato no Departamento de Segurança Interna sobre pessoas que lhe foram apontadas no Teatro Nacional do Povo?
— Não.
— Tem certeza? Aviso-lhe que as fichas foram conservadas.
— Não.
— Não tem certeza?
— Não, eu não fiz.

– Não estou conseguindo ouvi-lo. Quer falar um pouco mais alto?
– Não, eu não fiz.
– Obrigado. Sr. presidente, solicito, baseado no seu próprio testemunho, que o Sr. Dimitrov seja legalmente acusado de corrupção, malversação de dinheiro público e falso testemunho.
– Essa solicitação, como já lhe expliquei seis vezes, Sr. procurador-geral, não é assunto para esta corte, e, portanto, nego provimento à solicitação.
[– *Ah! pelo amor de Deus.* – Atanas cuspiu fumaça, desta vez enevoando o rosto do procurador-geral.
– *É, vamos parar.*
– *Não passam de atores. São todos atores. É uma porra de comédia.*
– *Atores, apartamentos, motocicletas, despesas de almoço, colarinhos de camisa.*
– *Stefan!*
– *Não. Eu quero assistir. Precisamos assistir.*
– *Precisamos assistir. Trata-se da nossa história.*
– *Mas é CHATA.*
– *A história é frequentemente assim na hora em que acontece. Mais tarde fica interessante.*
– *Você é uma filósofa e tanto, Vera. E uma tirana.*
– *Obrigada. De qualquer maneira, um dia serei uma velha babando com um lenço na cabeça, e você um velho bobão babando na sua cerveja, e nossos netos nos virão perguntar, meus avós, vocês já existiam quando julgaram o monstro? Nós sabemos que vocês são muito, muito velhinhos e poderão contar a respeito. E aí nós vamos poder.*
– *Contar a eles sobre atores e motocicletas, você quer dizer.*
– *Isso também. Mas contar-lhes que ele ria de nós. Foi o que ele sempre fez e ainda está fazendo. Rindo de nós. Contar a eles como tudo acabou versando sobre atores e motocicletas.*
– *Tirana.*
– *Xiii. Vamos assistir.*

– Quem é aquele? Outro ator?
– É um funcionário do banco para dizer que aquele dinheiro todo na conta presidencial estava ali por engano.
– É um fabricante de cobertores para dizer que eles só fabricaram um cobertor para ele.
– Calem a boca, garotos. Assistam.]

Aquela noite, Solinsky, que dormia mal no chão de seu escritório, foi dar uma volta pela sala de estar e descobriu o certificado de reabilitação, recém-emoldurado, dependurado na parede. Mais uma prova da distância entre ele e Maria.

O avô dele, Roumen Mechkov, sempre foi, conforme eles sempre diziam, um fiel comunista e um diligente antifascista. No início da década de 1930, à medida que a Guarda de Ferro intensificava suas violentas incursões, ele acompanhara outros notáveis do partido no exílio em Moscou, onde permanecera um fiel comunista e diligente antifascista até 1937, quando se tornou um desviacionista trotskista, um hitlerista infiltrado, um agitador contrarrevolucionário, e possivelmente as três coisas ao mesmo tempo. Ninguém ousou fazer perguntas a respeito de seu desaparecimento. Roumen Mechkov não figurava nas histórias oficiais do partido local, e durante cinquenta anos a família só falou dele aos cochichos.

Quando Maria declarou sua intenção de escrever à Suprema Corte da URSS, Peter se opôs à ideia. Qualquer descoberta que ela fizesse só iria magoá-la. E, além do mais, não estava no poder dela ressuscitar o avô, que ela nunca conheceu. O que ele quis dizer, embora nunca chegasse a fazê-lo explicitamente, era que de seu ponto de vista só havia duas possibilidades. Ou Mechkov traíra o grande ideal em que acreditava, ou fora por ele cruelmente enganado. O que você gostaria que seu avô fosse, Maria, um criminoso renegado ou um idiota crédulo?

Maria ignorou o conselho do marido, enviou a sua solicitação e, quase um ano depois, recebeu uma resposta datada de 11 de dezembro de 1989, assinada por A. T. Ukolov, membro da Corte Suprema da URSS. Ele pôde, após uma investigação, informar à solicitante que o avô dela, Roumen Mechkov, fora detido no dia 22 de julho de 1937 acusado de "ser membro de uma organização terrorista trotskista e, em tal condição, planejar atos terroristas contra os líderes do Comintern e atos de sabotagem na URSS". Interrogado no Departamento Regional do Comissariado do Povo para Assuntos Internos em Stalingrado (agora Volgogrado), Mechkov fora condenado à morte por fuzilamento no dia 17 de janeiro de 1938, sendo a sentença executada no mesmo dia. Uma revisão do caso, conduzida em 1955, concluiu que não havia provas contra Mechkov, a não ser pelos depoimentos conflitantes e não específicos de outras pessoas arroladas no mesmo processo. A. T. Ukolov lamentava não haver indícios de onde ele fora sepultado, e que nenhuma foto do documento pessoal havia sido preservada no processo. Ele podia, no entanto, confirmar que o objeto da solicitação fora um ativo e fiel comunista, reabilitado em 14 de janeiro de 1956. A. T. Ukolov, para tal efeito, anexou um certificado à sua carta.

E você o pendura na parede, pensou Peter. A prova de que o movimento a que seu avô dedicou a vida o trucidou como traidor. A prova de que aquele mesmo movimento decidiu, vinte anos depois, que ele não fora, afinal de contas, traidor, e sim mártir. A prova de que aquele movimento não se deu o trabalho de informar ninguém sobre uma mudança tão grande de *status* num período de trinta e quatro anos subsequentes. Será que Maria gostaria de que lhe recordassem isso?

Um comunista fiel transforma-se num terrorista trotskista e, em seguida, vira de novo um comunista fiel. Heróis viram traidores, traidores viram mártires. Líderes carismáticos e timoneiros da nação viram criminosos comuns e são pegos com a mão na caixa registradora – até que se tornem, talvez, em algum temido ponto do futuro, simpáticos nonagenários nos shows de entrevistas da TV. Peter Solinsky olhou para a janela sem cortinas e viu seu negrume ser preenchido por títulos de abertura. *Stoyo Petkanov: a reabilitação de um timoneiro.* A possibilidade de semelhante revisionismo ocorrer dependia parcialmente de sua performance na última semana do julgamento.

E professores de direito, promotores, maridos, pais transformaram-se em quê? Que novos nomes lhes seriam dados, que outros lhes seriam retirados? Qual a chance que qualquer um deles teria na nova onda histórica que se quebra?

– Vou contar-lhe o que um sujeito com pretensões a sábio me disse certa vez.

O procurador-geral não queria ouvir. Ele acabara detestando aquele homem. Antes, como mero cidadão, detestara-o objetivamente, proveitosamente. O ódio a Petkanov havia sido uma força construtiva, unificadora, entre os oposicionistas. Mas, desde que o via de perto, falava e brigava com ele, a emoção mudara. Seu ódio se transformava em algo pessoal, furioso, excludente, corrosivo. Vergonha pelo passado, ódio do presente, temor quanto ao futuro: essa mistura começara a consumir o procurador. Ele parecia detestar Petkanov agora com a mesma intensidade com que algum dia já amara sua mulher; o líder absorvera toda a energia ociosa que agora havia no seu casamento. E agora estava à espera de algum clichê que aquele suíno do ex-presidente pegara de algum esforçado herói do trabalho, e que este provavelmente roubara religiosamente dos discursos escritos e documentos coligidos do suíno do ex-presidente.

– Era um músico – disse Petkanov. – Tocava na orquestra sinfônica da Rádio Estatal. Eu fui acompanhando minha filha. Mais tarde ela me levou para ser apresentado aos executantes. Eles tinham tocado bem, achei eu, por isso elogiei-os. Isso foi na Sala de Concertos da Revolução – acrescentou ele, um detalhe embelezador que, por alguma razão, teve o dom de irritar Solinsky como uma picada de mutuca.

Por que me contar isso, perguntou-se. Quem está ligando para o nome da porcaria da sala onde você alega ter ficado impressionado com a música? Quem está ligando, que diferença isso faz? Em seu ódio ele ouvia de muito longe, através de cortinas pesadas, a história de Petkanov prosseguir.

— E as poucas palavras que pronunciei versaram sobre a necessidade de engajamento da arte na luta política, como os artistas precisam integrar-se no grande movimento contra o fascismo e o imperialismo, e em prol da construção do futuro socialista. Você pode imaginar – disse, com um toque de ironia desperdiçado em Solinsky – mais ou menos o que eu disse. De qualquer maneira, passando depois pela orquestra, um jovem violinista aproximou-se de mim. "Camarada Petkanov", disse ele, "camarada Petkanov, o povo não dá valor às coisas mais elevadas. Só dá valor às salsichas."

Petkanov olhou para o procurador-geral, buscando ver sua reação; mas Solinsky mal parecia manter os olhos focados. Finalmente, como se estivesse acordando, comentou:

— Suponho que você mandou fuzilá-lo.

— Peter, você é tão antiquado. Tão antiquado na sua crítica. É claro que não. Nunca fuzilávamos ninguém.

Isso é o que veremos, pensou o procurador, cavaremos os terrenos nos campos de prisioneiros de vocês, faremos autópsias, faremos com que a polícia secreta de vocês abra o bico. Não fuzilavam... Mas digamos que suas chances de ser líder da orquestra saíram um pouco diminuídas desse franco intercâmbio de pontos de vista.

— Como era o nome dele?

— Ah, francamente, você não espera de mim que... Mas, de qualquer forma, a questão é essa. Não concordei com aquele rapaz um tanto cínico. Mas também pensei a respeito do que ele disse. E vez por outra, depois, eu falava com os meus botões: "Camarada Petkanov, o povo precisa de salsichas e de coisas mais elevadas."

— E daí? – Assim era a sabedoria da Sala de Concertos da Revolução. Você murmura corajosas palavras de protesto nos bastidores, e, se não for fuzilado, suas palavras serão torcidas para caber num ditado banal e medíocre por esse, por esse...

— Daí que estou dando conselhos úteis. Porque, veja só, nós dávamos a eles salsichas e coisas mais elevadas. Vocês nem acreditam em coisas mais elevadas nem sequer lhes dão salsichas. Não existem nas lojas. Então o que lhes dão em troca?

— Nós lhe damos a verdade e a liberdade.

Aquilo pareceu pomposo saído de sua boca, mas era no que acreditava. Então, por que não afirmá-lo?
— A verdade e a liberdade! — repetiu sarcasticamente Petkanov. — Então são essas as coisas mais elevadas de vocês! Deem às mulheres liberdade de deixar suas cozinhas, de marchar sobre o parlamento e dizer a vocês esta verdade: não existe porcaria de salsicha nenhuma nas lojas. É isso o que elas lhes dirão. E vocês chamam isso de progresso?
— Chegaremos lá.
— Hmmm. Hmmm. Duvido. Peço licença para duvidar, Peter. Sabe, o padre da minha aldeia (e ele provavelmente foi fuzilado, sinto dizer, havia tantos elementos criminosos à solta naquela época, poderia facilmente ter acontecido), o padre da minha aldeia costumava dizer: "Você não chega ao céu com o primeiro pulo."
— Exatamente.
— Não, Peter, você me interpreta mal. Na realidade, não estou falando a seu respeito. Você e sua laia já deram muitos pulos. Muitos séculos e muitos pulos. Pulam, pulam, pulam. Estou falando de *nós*. Nós só demos um pulo até agora.

Caráter. Talvez tenha sido esse o seu erro, seu... Sim, seu erro liberal-burguês. A esperança ingênua de "vir a conhecer" Petkanov. A crença obstinada e, no entanto, tola de que o caráter de um indivíduo se vê refletido no exercício do poder, e que o estudo do caráter é, portanto, necessário e útil. Verdade em certa época, sem dúvida: verdade sobre Napoleão e os Césares, os czares e os príncipes reais. Mas as coisas haviam mudado desde então.

O assassinato de Kirov, fora essa a data chave. Fuzilado pelas costas com um revólver Nagan na sede do Partido Comunista de Leningrado, no dia primeiro de dezembro de 1934. Amigo e aliado de Stálin. Logo, conforme inocentemente costumávamos dizer, a única pessoa no mundo que não poderia ter desejado ou ansiado aquilo era o próprio Stálin. Era inconcebível, em qualquer hipótese pessoal ou política. Pois Stálin ter mandado executar Kirov não era apenas "caracterologicamente destoante", mas fugia a todas as nossas noções daquilo que constituía o caráter. Que é precisamente o que interessa. Nós evoluímos para uma época em que o "caráter" se tornou uma noção enganosa. O caráter foi substituído pelo ego, e o exercício da autoridade como reflexo do caráter foi substituído pela retenção do poder por todos os meios possíveis, a despeito de todas as probabilidades. Stálin mandou executar Kirov, bem-vindos ao mundo moderno. Essa conclusão convencia Solinsky, desde que se deixasse ficar tranquilamente sentado no seu escritório olhando para o norte, ou interrogando a estante na sua sala de trabalho; mas a tentativa de visualizar Petkanov como uma aspiral maligna de elétrons a girar em torno de algum monstruoso vácuo não sobrevivia dois minutos na presença dele. O velho, vigiado por sua guarda, surgira diante dele discutindo, negando, mentindo, fingindo não compreender; e de imediato todas as primitivas emoções do procurador-geral – curiosidade, expectativa, espanto – voltavam a ocupar seu lugar. Ele procurava novamente o caráter, o antiquado e explicável caráter. Era como se a própria lei exigisse a causalidade da motivação lógica e do comportamento resultante; o tribunal de justiça simplesmente não admitia que se mexesse com a férrea lei da causa e efeito.

Lá pelo meio da tarde do quadragésimo segundo dia do Processo Crime Número 1, Peter Solinsky decidiu que era chegado o momento. Mais uma linha de investigação, sobre o uso de gasolina oficial para fins particulares, havia-se frustrado aos poucos em contendas e falta de memória. "Muito bem", disse ele, inspirando profundamente como um cantor de ópera e pegando outra pasta. Durante o recesso do almoço, ele borrifara seu rosto com água e penteara novamente o cabelo. Parecera cansado no espelho. E estava cansado, do seu trabalho, do seu casamento, da ansiedade política, mas principalmente por estar na presença de Stoyo Petkanov, dia após dia. Que tentação não teria sido para aqueles membros bajuladores do Politburo concordar com ele, só para poupar energia.

Ele agora tentava esquecer sua mulher, e o tenente-general Gânin, e as câmeras de TV, e todas as promessas que se fizera antes do julgamento. Basta de ser o advogado honrado que liberta pacientemente a verdade, como uma folha de dente-de-leão, dos dentes da mentira. Talvez já estivesse também cansado de fazer aquilo.

– Muito bem, Sr. Petkanov. Nós mais do que nos familiarizamos, no decorrer das muitas semanas deste processo criminal, com a sua defesa. Sua defesa de todas as acusações e imputações. Se algo era feito contra a lei, então o Sr. ignorava. E, se o Sr. soubesse a respeito, então passava automaticamente a ser lei.

Petkanov sorriu enquanto seus defensores se erguiam para protestar. Não, até que era um bom sumário de culpa desse filho da mãe neurótico do procurador. Ele acenou para que se sentassem.

– Eu não fiz nada que não tivesse sido aprovado pelo Comitê Central do Partido Comunista – repetiu ele pela centésima vez – e ratificado por decretos do Conselho de Ministros. Tudo o que fiz era inteiramente legal.

– Muito bem. Então vamos examinar o que o Sr. fez no dia 16 de novembro de 1971.

– Como pode o Sr...

– Não espero que o Sr. se lembre, já que sua memória, como tem sido amplamente demonstrado, só funciona para lembrar atos supostamente dentro da lei. – Solinsky segurava o documento que Gânin lhe dera, olhando rapidamente para ele. – No dia 16 de novembro de 1971, autorizou o emprego de todos os meios necessários contra caluniadores, sabotadores e autores de crimes conta o Estado. O Sr. se importaria de explicar o que devemos entender pela expressão "todos os meios necessários"?

– Não sei de que está falando – respondeu tranquilamente Petkanov. – A não ser que parece aprovar a sabotagem e os crimes contra o Estado.

– Naquele dia o Sr. assinou um memorando autorizando a eliminação dos oponentes políticos. É isso que "todos os meios necessários" se refere?

– Eu não sei de que documento está falando.

– Aqui está uma cópia, e uma cópia para o Tribunal. Isto é um memorando dos arquivos do Departamento de Segurança Interna que traz as assinaturas do Sr. e do finado general Kálin Stanov.

Petkanov mal olhou para a folha de papel.

— Eu não diria que isso é uma assinatura. Eu diria que são duas rubricas e, além do mais, provavelmente falsificadas.

— O Sr. autorizou naquela data o emprego de todos os meios necessários — repetiu Solinsky. — Esta autorização permitiu que tanto o Departamento de Segurança Interna como o de Segurança Exterior tomassem iniciativas contra adversários políticos no país e no exterior. Adversários como o radialista Simeon Popov, que morreu de um ataque cardíaco em Paris, no dia 21 de janeiro de 1972, e o jornalista Miroslav Georgiev, que morreu de um ataque cardíaco em Roma, no dia 15 de março do mesmo ano.

— De repente, sou responsável por homens idosos haverem resolvido ter ataques cardíacos no mundo todo — respondeu jovialmente Petkanov. — Será que morreram de medo de mim?

— Nos anos anteriores à autorização executiva que o Sr. deu em novembro de 1971, a Divisão Técnica Especial do DSI, na rua Reskov, fazia experiências visando descobrir drogas que, se administradas oral ou intravenosamente, produziriam os sintomas de uma parada cardíaca. Essas drogas eram usadas para disfarçar que a vítima morrera como resultado de um envenenamento prévio ou simultâneo.

— Será que estou sendo acusado agora de fabricar drogas? Não possuo sequer um diploma honorário de química.

— Durante esse mesmo período — prosseguiu Solinsky, sentindo uma ruidosa alegria dentro de si e um intenso silêncio a sua volta —, o Departamento de Segurança Interna, conforme se pode verificar nas inúmeras anotações e memorandos, ficara crescentemente assustado com o comportamento errático e a ambição pessoal da ministra da Cultura.

Solinsky fez uma pausa, dando-se tempo a si mesmo, sabendo que chegara o momento. Era alimentado por uma profunda mescla de virtude e paixão.

— Anna Petkanova — acrescentou desnecessariamente, e a seguir, como se estivesse citando a efígie dela —, 1937 a 1972. O DSI relatava com frequência que o comportamento dela era do tipo que rotulavam como antissocialista. O Sr. não deu a mínima atenção aos relatórios deles. E, mais ainda, assustaram-se ao descobrir que o Sr. pretendia nomear a ministra da Cultura seu sucessor oficial. Descobriram isso – deixou passar casualmente o procurador-geral – pelo simples expediente de grampear seu palácio presidencial. O dossiê sobre Anna Petkanova registra uma crescente preocupação com a influência que ela exercia, e continuaria a exercer, sobre o Sr. Uma influência antissocialista, como diziam eles.

– É um absurdo – murmurou o ex-presidente.

– No dia 16 de novembro de 1971, o Sr. autorizou a eliminação de adversários políticos – repetiu Solinsky. – No dia 23 de abril de 1972, a ministra da Cultura, que antes sempre gozara de excelente saúde, morreu inesperada e supreendentemente jovem, de um ataque cardíaco. Frisou-se na época que os maiores cardiologistas do país foram chamados às pressas e fizeram todo o possível, sem, contudo, serem capazes de salvá-las. Não foram capazes por um motivo muito simples: porque ela não sofrera uma parada cardíaca. Agora, Sr. Petkanov – prosseguiu o procurador-geral, dando um tom mais duro à sua voz, como aviso aos advogados de defesa, que já se haviam erguido –, não sei e francamente não me incomodo muito com o que o Sr. exatamente sabia e não sabia. Mas ouvimos de seus próprios lábios que tudo o que o Sr. autorizava era, nos termos da Constituição de 1971, que o Sr. aprovou, automática e integralmente legal. Portanto, esta não é mais uma acusação que faço contra o Sr. em caráter meramente pessoal, e sim contra o sistema, moral e criminosamente envenenado, que o Sr. encabeçava. O Sr. matou sua filha, Sr. Petkanov, e se encontra agora diante de nós como representante e dirigente máximo de um sistema em que é *inteiramente legal*, segundo a sua tão repetida frase, *inteiramente legal* que o chefe de Estado dê autorização para executar até mesmo um de seus próprios ministros, neste caso Anna Petkanova, ministra da Cultura. Sr. Petkanov, o Sr. matou sua filha, e peço licença ao tribunal para que acrescente a acusação de assassinato às demais já arroladas.

Peter Solinsky sentou-se em meio a um grande aplauso nada judicial, ao bater de pés, ao bater de mesas, e até mesmo a assobio estridentes. Aquele era o seu momento, o seu momento para sempre. Ele o jogara no chão, um dente de cada lado do pescoço. Olhe só como ele rosna e se debate, como cospe e se atormenta, grudado no chão à vista de todos, exposto, denunciado, julgado. Aquele era o seu momento, o seu momento para sempre.

O diretor de TV dividiu audaciosamente a tela. À esquerda, sentado, o procurador-geral, com os olhos dilatados pela vitória, queixo erguido, um sorriso sóbrio nos lábios; à direita, de pé, o ex-presidente preso numa espiral de fúria, batendo com os punhos no cancelo acolchoado, berrando para seus advogados de defesa, brandindo o dedo para os jornalistas, lançando um olhar infernal para o presidente do Tribunal e para seus impassíveis assessores, todos de terno preto.

– Digno da televisão americana – comentou Maria, enquanto ele fechava a porta do apartamento, a pasta na mão.

– Você gostou?

Ele ainda estava queimando oxigênio extra depois da decisão, do tumulto, do aplauso doce como mel. Sentia-se capaz de enfrentar qualquer parada. Que importância tinha o sarcasmo de sua mulher, se derrotara a fúria de um poderoso ex-ditador? Era capaz de remodelar qualquer coisa com o poder de suas palavras, apaziguar sua vida doméstica, adoçar o azedume crítico de Maria.

– Foi vulgar e desonesto, um desacato à lei, e você se comportou como um cafajeste. Presumo que as garotas foram correndo depois ao seu camarim para oferecerem seus números de telefone.

Peter Solinsky entrou no seu pequeno escritório e de longe olhou, através do ar poluído, para a estátua da Eterna Gratidão. Aquela tarde, nenhum raio de sol iluminava a baioneta dourada. Isso fora uma realização dele. Ele apagara a chama. Agora podiam levar Aliosha, transformá-lo em bules e chá e penas de canetas. Ou dá-lo aos jovens escultores, deixando que o utilizem para construir novos monumentos, em homenagem às novas liberdades.

— Peter. — Ela agora estava atrás dele e pousou uma de suas mãos no seu ombro. Ele não pôde distinguir se a intenção do gesto era de desculpa ou consolo. — Pobre Peter — acrescentou ela, excluindo, portanto, a desculpa.

— Pobre por quê?

— Porque não sou mais capaz de amar você e, depois de hoje, duvido muito que consiga sequer respeitá-lo. — Peter não respondeu, nem sequer virando-se para olhar o rosto dela. — Assim mesmo, haverá outras, que o respeitarão mais e quem sabe outras que o amarão. Ficarei com Angelina, é claro.

— Aquele sujeito era um tirano, assassino, ladrão, mentiroso, escroque, pervertido moral, o pior criminoso da história do nosso país. Todo o mundo sabe. Meu Deus, até mesmo você já começa a desconfiar.

— Se fosse esse o caso — respondeu ela —, não teria sido difícil prová-lo sem ter de apelar para a televisão, nem inventar provas.

— Que está querendo dizer com isso?

— Peter, você realmente acha que o pior criminoso da história do nosso país assinaria um documento assim, tão a calhar, só descoberto por Gânin quando a promotoria não estava tendo o êxito esperado?

Naturalmente ele já considerara essa questão, preparando sua própria defesa. Se Petkanov não assinara aquele memorando, deve ter assinado algo do gênero. Só concretizamos uma ordem que ele deve ter transmitido pelo telefone. Ou através de um aperto de mão, um aceno de cabeça, um deixar de censurar estratégico. O documento é verdadeiro, ainda que seja uma falsificação. E, ainda que não seja verdadeiro, é necessário. Cada desculpa era mais fraca, e no entanto, mais brutal.

No silêncio pesado da desavença conjugal, sentiu um sarcasmo irrefreável aflorar a seus lábios.

— Bem, pelo menos o nosso sistema legal é ligeiramente melhor que o da NKVD em Stalingrado, por volta de 1937.

Maria retirou a mão do ombro dele.

— Foi um julgamento de fachada, Peter. Só que em versão moderna. Um julgamento de fachada, só isso. Mas tenho certeza de que ficarão muito satisfeitos.

Em seguida, ela saiu do cômodo, e ele continuou a olhar de longe para o ar poluído, com uma crescente convicção de que ela saíra também da sua vida.

Aquele procuradorzinho imbecil não sabia o que tinha pela frente. Se não havia sucumbido ao trabalho forçado em Varkova, onde até mesmo alguns de seus companheiros mais durões faziam xixi nas calças só de pensar numa visita da Guarda de Ferro, não haveria de ser derrotado por aquele pobre advogado burrinho, a quinta escolha para preencher o cargo. Ele, Stoyo Petkanov, não tivera muito trabalho para despachar o pai do rapaz, para expulsá-lo do Politburo por dez votos a um, mantendo-o em seguida bastante vigiado em seu exílio junto às abelhas. Assim, qual a chance que teria aquele filho sem colhões, indolente, tentando impressionar no Tribunal com um sorriso idiota e uma mala cheia de provas falsas?

Eles – todos eles – estavam absurdamente convictos de terem vencido. Não o julgamento, que não valia mais que um peido de padre, já que haviam combinado a sentença dois segundos depois de terem decidido as acusações; mas o combate histórico. Como sabiam pouco. "Não chegamos ao céu no primeiro pulo." Olha só de quantos pulos eles e a sua laia já dispuseram no decorrer dos séculos. Pulam, pulam, pulam, como sapos pintados num poço lodoso. E, no entanto, nós só dispusemos de um pulo, até o momento e que pulo formidável. Especialmente porque todo o processo não começara segundo as previsões de Marx, e sim no país errado e na época errada, com todas as forças contrarrevolucionárias alinhadas para estrangulá-lo no berço. Em seguida, a Revolução teve de se desenvolver em meio a uma crise econômica mundial, teve de se defender com uma guerra cruenta contra o fascismo, e novamente contra os bandidos americanos e sua corrida armamentista; não obstante, em apenas meio século arrebanhamos metade do mundo para o nosso lado. Que primeiro pulo formidável!

Agora, a escória capitalista e os jornalistas de aluguel vomitavam suas calúnias sobre "o inevitável colapso do comunismo" e "as contradições intrínsecas ao sistema", ostentando um sorriso debochado ao roubar aquelas mesmas frases que por tanto tempo – e ainda agora – se aplicavam ao capitalismo. Ele lera a respeito de um economista burguês chamado Fischer, que alegava que "o colapso do comunismo significava uma repurificação do capitalismo". Veremos Herr Fischer. O que acontecia era que, por um breve momento histórico, o antigo sistema pôde dar um último pulinho no poço lodoso cheio de sapos. Mas a seguir, inevitavelmente, o espírito do socialismo soerguer-se-á novamente, e, com o *nosso* próximo pulo, esmagaremos os capitalistas na lama, até que deem seu último suspiro sob nossas botas.

Trabalhamos e erramos. Trabalhamos e erramos. Talvez tenhamos sido, para dizer a verdade, por demais ambiciosos, achando que podíamos mudar tudo, a estrutura social e a natureza do indivíduo, no decorrer de duas gerações. Ele mesmo nunca confiara tanto nisso quanto outros confiavam, e fez constantes avisos contra o ressurgimento de elementos fascisto-burgueses. E ficara provado que ele tinha razão, no decorrer do último ano ou dois, quando a escória da sociedade voltara à superfície. Contudo, se os elementos fascisto-burgueses tinham sido capazes de sobreviver quarenta anos sob o socialismo, imagine-se em comparação, como é irresistivelmente forte a própria alma do socialismo.

O movimento a que dedicara a vida não podia ser extinto por alguns oportunistas, um montão de dólares e um babaca no Kremlin. Era tão antigo e vigoroso quanto o próprio espírito do homem. Haveria de voltar, com renovado vigor, em breve, muito em breve. Poderia ter outro nome, uma bandeira diversa. Mas os homens e as mulheres haveriam sempre de querer trilhar aquele caminho, aquele difícil caminho através do rio de pedras, atravessando a umidade das nuvens, porque sabiam que no final haveriam de encontrar a luz do sol a brilhar e avistariam com nitidez o cume do monte erguido acima deles. Os homens e as mulheres sonhavam com esse momento. Voltariam a enlaçar seus braços. Descobririam uma nova canção – não mais "Trilhando o Caminho Vermelho", como acontecera no monte

Rykosha. Mas cantariam essa nova canção conforme a melodia da antiga música. E acumulariam forças para dar aquele poderoso segundo pulo. Então a Terra tremeria, e todos os capitalistas e imperialistas e verde-fascistas, toda a escória e a imundície, os renegados e os intelectuais de merda, procuradores pueris e Judas de cabeça com cocô de passarinho se borrariam por uma última e grandiosa vez.

– Sou Stoyo Petkanov.
No quadragésimo quinto dia de seu julgamento, o ex-presidente se dirigiu ao Tribunal para fazer a própria defesa. Mantinha-se de pé com uma mão descansando no cancelo acolchoado, uma pequena e corpulenta figura, com a cabeça erguida e as mandíbulas apertadas, procurando distinguir, através dos óculos escuros, qual a câmera que estava no ar. Pigarreou e recomeçou, com uma voz mais firme e mais clara.
– Sou Stoyo Petkanov. Fui agraciado com o Colar da Grande Ordem "El Libertador", da República da Argentina. A Grande Estrela da Ordem do Mérito, da República da Áustria. O Grão Colar da Ordem do Cruzeiro do Sul do Brasil. A Grande Cruz da Ordem do Valor, da República de Burundi.
[– *Eu não acredito.*]
– E também da República de Burundi, Grande Cordão da Ordem Nacional.
[– *Para manter sua barriga apertada.*]
– A Grande Cruz da Ordem do Valor, de Camarões. A Medalha Comemorativa do Trigésimo Aniversário da Insurreição Popular de Maio, da Tchecoslováquia. A Grande Cruz da Ordem do Mérito da República Centro-africana. A Ordem de Boyaca, da Colômbia. A Grande Cruz do Mérito, da República Popular do Congo. A Ordem de José Martí, da República de Cuba. O Grande Cordão da Ordem de Macários, do Chipre.
[– *Para manter sua barriga apertada.*]
– A Ordem do Elefante, da Dinamarca. O Título de Doutor *Honoris Causa*, da Universidade Central do Equador. A ordem "Grão Colar do Nilo", da República Árabe do Egito. A Ordem da Grande

Cruz da Rosa Branca, da Finlândia. A Grande Cruz da Legião de Honra, da França. Também a Medalha Comemorativa Georges Pompidou. Também o Título de Doutor *Honoris Causa,* da Universidade de Nice.

[– *Quem ele fodeu na França?*
– *Todo mundo. De Gaulle. Giscard. Mitterrand.*]
– A Medalha Dourada do Senado e o Cofre Comemorativo preparado para o Centenário do Senado da França. A Grande Cruz da Ordem da Estrela Equatorial, do Gabão. A Ordem de Karl Marx, da República Democrática da Alemanha.

[– *Ele fodeu Honecker.*
– *Fodeu Karl Marx.*
– *Parem vocês dois.*]
– A Grande Cruz da Ordem do Mérito, da República Federal da Alemanha. Cavaleiro da Ordem da Estrela, de Gana. A Grande Cruz da Ordem do Salvador, da Grécia. E a Medalha de Ouro da Cidade de Atenas. A Grande Cruz da Ordem Nacional "Honradez para com o Povo", da República da Guiné.

[– *Honradez para com o povo!*
– *Os habitantes da Guiné não são conhecidos por sua ironia, Dimíter.*]
– A Ordem de Pahlavi, com Colar, do Irã. A Ordem "A Grande Faixa do Mérito da República", da Itália. Também a Medalha de Ouro Aldo Moro. Também o Prêmio Simba da Paz. Também a Medalha de Ouro Especial, de primeiro grau, Leonardo da Vinci, do Instituto de Relações Internacionais de Roma. Também a placa de Ouro da Junta Regional do Piemonte. A Grande Cruz da Ordem Nacional, da Costa do Marfim. O Colar Al-Hussein Bin-Ali, da Jordânia. A Ordem da Bandeira da República, primeiro grau, da República Democrática da Coreia. O Grande Colar Moubarak, do Kuwait. Também a placa de Prata da Universidade do Kuwait. A Ordem do Mérito, do Líbano. A Grande Faixa da Ordem dos Pioneiros, da República da Libéria.

[– *Para segurar sua barriga.*]

– O Grão Colar da Ordem de Mahammadi, do Marrocos. A Grande Faixa do Mérito Nacional, da Mauritânia. A Medalha "Defensor da Paz Mundial do Século XX", das ilhas Maurício. O Grande Colar da Ordem da Águia Asteca, do México. A Medalha Dourada do Jubileu, lançada no Quinto Aniversário da Independência de Moçambique. A Ordem de São Olavo, da Noruega. A medalha da Cidade de Amsterdã, outorgada pelo prefeito. A Ordem Nishan-i-Pakistan. Também a Medalha do Jubileu Quaid-l-Azam, do Paquistão. A Grande Cruz da Ordem do Sol, do Peru. Também o Título de Doutor *Honoris Causa* da Universidade Nacional de Engenharia, do Peru. A Ordem Sikutana, primeiro grau, das Filipinas. A Grande Cruz da Ordem de Santiago, de Portugal. A Ordem Equestre, de San Marino. A Grande Cruz da Ordem Nacional do Leão, do Senegal. A Grande Faixa do Omayds, da República Árabe da Síria.

[– *Eu não disse nada.*]

– Cavaleiro da Estrela, da Somália, com Grande Faixa.

[– *Ppffffccc.*]

– A Ordem do Mérito Civil, com Colar, da Espanha. A Ordem Colar de Honra, do Sudão. A Ordem Real do Serafim, da Suécia. A Grande Faixa da Ordem da Independência, da Turquia. Diploma de Cidadão Honorário e Chave de Ouro da Cidade de Ancara. Cavaleiro da Grande Cruz da Ordem de Bath, do Reino Unido.

[– *Ele fodeu a rainha da Inglaterra.*

– *É. No banho.*

– *Ele seria capaz de qualquer coisa pelo seu país.*]

– A Ordem de Lênin, da URSS.

[– *Isso é a pura expressão da verdade. Ele realmente fodeu com Lênin.*

– *Será que sua avó sabe, Stefan?*

– *E com Stálin.*

– *E Khrushchev.*

– *E Brejnev.*

– *Uma porção de vezes. E Andropov.*

– *E... quem era mesmo aquele outro fodido?*]

– *Chernenko?*
– *E Chernenko.*
– *Ele não fodeu com Gorbachev.*
– *Gorbachev não queria foder com ele. Não depois de ele ter se metido com todos os demais. Imagine só o que ele deve ter pego.*
– *Provavelmente passou para a rainha da Inglaterra.*
– *Não. Foi por isso que ela obrigou-o a fazer no banho.*]
– Também a Medalha Comemorativa "Vinte Anos da Vitória na Grande Guerra Patriótica". Também a Medalha Comemorativa Instituída no Centenário de Lênin. A Ordem de "El Libertador", da Venezuela. A Grande Faixa da Ordem Nacional, do Alto Volta. A Ordem da Grande Estrela, da Iugoslávia. Também a Placa Comemorativa da Cidade de Belgrado. A Grande Faixa da Ordem Nacional do Leopardo, do Zaire. Também a Ordem "Grande Amigo da Liberdade", no grau de Grande Comandante, da Zâmbia. Também...
[– *Também!*]
– Também a Medalha Comemorativa Apimondia. A Medalha de Ouro Fréderic Joliot-Curie, do Conselho de Paz Mundial. A Medalha Comemorativa da Federação Mundial das Cidades Unidas. A Medalha do Jubileu de Prata, lançada no Vigésimo Quinto Aniversário das Nações Unidas. A Medalha de Ouro Norbert Wiener. A Medalha de Ouro, com Faixa e Placa, do Instituto para os Problemas da Nova Ordem Econômica Internacional. A Distinção "Homem do Ano de 1980", em relação à Paz.
[– *Ele fodeu o mundo.*
– *Não fodeu Israel. Não fodeu os EUA.*
– *Fodeu muito a França.*
– *A França se deixa foder por todo mundo.*
– *Ele fodeu a rainha da Inglaterra. Isso não me sai da cabeça.*
– *Foram todos aqueles colares e faixas que ele estava usando. Ela não conseguia distinguir quem estava debaixo deles.*
– *Ele teve de tirá-los para entrar no banho.*
– *Ele talvez os mantivesse até o último minuto, ai, wwwwwwwwaaaaafffff, tarde demais, Sua Majestade.*

— Ele fodeu o mundo.
— E o mundo fodeu com ele. O mundo fodeu conosco.
— Vocês, rapazes, são uns bobos. O problema é que têm razão.
— Bobos com razão, bobos com razão.
— O que quer dizer, Vera?
— Esses dois aí não param de dizer que fomos fodidos. E fomos, contra nossa vontade, vezes e mais vezes. O país inteiro. Precisamos é de terapia. Vocês acham que um país inteiro pode conseguir terapia?
— Não é assim que a coisa funciona. Basta apenas se preparar para ser fodido pela próxima pessoa.
— É, o Tio Sam, com o seu pau cheio de listras e estrelas.
— Pelo menos ele nos dá presente. Maços de Marlboro.
— Aí ele nos fode.
— É melhor do que ser fodido por Brejnev.
— Qualquer coisa é melhor que isso. Sua mania de ficar de botas na cama. Ele simplesmente não conseguia compreender a sensibilidade de uma garota.
— Meu Deus, vocês, rapazes, são tão cínicos!
— Precisamos de terapia, Vera, esse é o nosso problema.
— Ou de outra cerveja.
— Xiii. Vamos ouvir esse trecho.]
— Nasci órfão. Cresci sob a monarquia fascista. Ingressei na União da Juventude Comunista. Fui perseguido pela polícia dos patrões e dos burgueses. Cumpri minha sentença na prisão de Varkova. "Aquele que aprendeu na dura escola da Varkova jamais abandonará a causa do socialismo e do comunismo." Derramei sangue pela minha pátria no combate antifascista. Fui o timoneiro deste país durante trinta e três anos. O desemprego foi abolido. A inflação foi controlada por métodos científicos. Os fascistas foram postos em debandada. A paz reinou ininterrupta. A prosperidade cresceu. Sob minha orientação, o peso deste país cresceu na arena internacional.

"E agora me vejo numa situação muito estranha. — A luz vermelha piscou na câmera 2, e Petkanov, com avuncular desenvoltura, virou-se para se dirigir diretamente à nação. — Eu me vejo no Tribunal de Justiça. Sou acusado de ter trazido a paz, trazido prosperidade e o respeito internacional ao meu país. Sou acusado de ter erradicado o fascismo, de ter acabado com o desemprego, de ter construído escolas e hospitais e hidrelétricas. Sou acusado de ser socialista e comunista. Culpado, camaradas, em todos os aspectos."

Fez uma pausa, deixando que seu olhar passeasse pelo Tribunal.

– Camaradas – repetiu –, há, além disso, outra coisa estranha. Pois sempre que dou uma olhadela em volta, hoje em dia, vejo velhos camaradas. Gente que jurou lealdade ao partido, que se dizia comunista autêntico, que pedia o amparo do partido em suas carreiras, que era educada, alimentada e vestida pelo socialismo, mas que resolveu agora, como expediente momentâneo e buscando uma vantagem pessoal, que não é mais socialista e comunista, como afirmava anteriormente com orgulho.

"Então, muito bem, eu me declaro culpado de ter sacrificado minha vida para melhorar a vida dos operários e camponeses do nosso grande país. E, como disse no início deste... grande espetáculo televisivo em benefício da rede de TV americana, eu já estive aqui. Concluirei não com minhas palavras, mas com o testemunho de outras pessoas. Quero que fiquem registradas nos anais desta corte as seguintes declarações.

"Rainha Elizabeth, da Inglaterra: 'Nós, da Grã-Bretanha, estamos hoje impressionados com a postura resoluta que o Sr. tomou em apoio a esta independência. Sua personalidade, Sr. presidente, como estadista de reputação, experiência e influência mundiais, é amplamente reconhecida.'

"Margaret Thatcher, primeira-ministra da Grã-Bretanha..."

Solinsky pôs-se de pé.

– Sr. presidente do Tribunal, será que seremos realmente...

Petkanov interrompeu o procurador-geral, tal como fizera inúmeras vezes com o pai do rapaz nas reuniões do Politburo. Dirigiu-se aos magistrados com uma truculenta polidez.

– Os senhores me concederam bondosamente uma hora. Acho que não preciso mencionar o nosso acordo a esse respeito. Esperam de mim que eu finja que não desejo falar mais que isso. Os senhores me concederam urna hora. Empregarei essa hora.

— Foi precisamente em virtude desse comportamento — respondeu o juiz — que se fixou um limite de tempo. O Sr. tem uma hora para fazer petições legais e desenvolver argumentos legais.

— Pois é exatamente o que eu estou fazendo. Margaret Thatcher, primeira-ministra da Grã Bretanha... — Petkanov levantou agressivamente o olhar em direção ao presidente, que balançou de modo fatigado a cabeça, tirou seu relógio e o colocou diante de si. — Margaret Thatcher: "Fiquei impressionada com a personalidade do presidente, ficando gravadas em meu espírito impressões muito específicas a seu respeito, na qualidade de líder de um país que demonstra o desejo de desenvolver laços de cooperação com outras nações."

"Richard Nixon: 'Devido à sua profunda compreensão dos principais problemas do mundo, o presidente é capaz de e tem contribuído para a solução dos problemas globais mais prementes da humanidade.'

"Presidente Jimmy Carter: 'Como líder, é marcante a influência do presidente na arena internacional. A posição firme e a independência de seu presidente fazem com que seu país seja capaz de atuar como uma ponte entre nações com pontos de vista e interesses profundamente divergentes, e entre líderes que de outro modo achariam muito difícil negociar entre si.'

"Andreas Papandreou: 'O presidente é não só um grande líder, um eminente político dos Bálcãs e da Europa, como também uma personalidade mundial de escol.'

"Carl Gustav XVI, rei da Suécia: 'O Sr. veio simbolizar o progresso de seu país no decorrer das últimas décadas. É com grande interesse que testemunhamos o modo como seu país, sob sua liderança, atravessou uma época de impressionante desenvolvimento econômico.'

"Juan Carlos, rei da Espanha: 'O Sr., Sr. presidente, demonstrou em inúmeras ocasiões uma infatigável e enérgica dedicação à causa da *détente*, a salvaguardar o direito inalienável de todos os povos de decidir seu destino, trilhando o caminho que melhor atenda a seus interesses, com a plena utilização de seus recursos – livre da interferência estrangeira que se opõe ao exercício de sua própria soberania.'

"Valéry Giscard d'Estaing: 'A França se rejubila de receber um chefe de Estado que desempenha tão importante papel na política de reaproximação e cooperação entre as duas partes da Europa.'

"James Callaghan, primeiro-ministro da Grã Bretanha: 'O Sr. traz uma importante contribuição ao desenvolvimento das relações com o Terceiro Mundo, aos esforços para superar o subdesenvolvimento, à estabilidade econômica, o que corresponde ao interesse de todos os países, inclusive daqueles altamente industrializados.'

"Giulio Andreotti: 'Julgo que o papel do presidente na vida internacional continuará a ser positivo, já que ele goza de um alto prestígio e consideração universais, graças à sua boa vontade e ao seu anseio pela paz e pelo estabelecimento de um acordo que respeite os interesses mútuos.'

"Franz Josef Strauss: 'O líder traz uma importante contribuição à manutenção da paz, através de uma política perspicaz de ampla abertura, de uma lúcida avaliação dos problemas, de sábias iniciativas e decisões.'

"Leonid Brejnev: 'O povo trabalhador soviético dá alto valor às maravilhosas conquistas da classe operária, ao campesinato cooperador, à intelectualidade de seu país, a todos os que, sob a experiente liderança do Partido Comunista, mudaram a face da nação. Constatamos satisfeitos que a sua República Socialista é um país em via de rápido desenvolvimento, que possui uma indústria moderna em expansão e um bem organizado sistema cooperativo de agricultura. A atividade de todo o seu partido, como o Sr. na liderança, leva o país a uma nova culminância na trilha da construção do socialismo.'

"Javier Pérez de Cuellar, secretário-geral da ONU: 'É para mim uma satisfação agradecer a uma personalidade como a do presidente pela enérgica, construtiva e ativa colaboração em todos os terrenos da atividade da ONU.'

"Mário Soares: 'Quanto a mim, tenho em alta estima os esforços do presidente em favor da segurança da Europa, em favor da paz e da independência de todos os povos, da não interferência de alguns países nos problemas domésticos de outros.'

"Príncipe Norodom Sihanouk: 'A sua pátria socialista e seu querido líder, que simboliza de modo magnífico e em âmbito internacional o firme apego aos ideais de justiça, liberdade, independência, paz e progresso, estão sempre ao lado dos povos oprimidos, dos que são vítimas de agressão e lutam para reconquistar sua independência.'

"Hu Yuobang, secretário-geral do Comitê Central do Partido Comunista Chinês: 'O Sr. sempre defendeu com firmeza a soberania dos Estados e a dignidade nacional. Na arena internacional, o Sr. se opõe ao emprego da força, defende a paz mundial e a causa do progresso da humanidade.'

"Presidente Canaan Banana, do Zimbabwe: 'O Sr. compreendeu que sua independência não pode ser completa se a humanidade toda não se libertar dos grilhões do imperialismo e do colonialismo. É essa a razão de seu país ter-se colocado na vanguarda daqueles que nos auxiliaram no nosso justo combate pela emancipação nacional. O Sr. nos tem dado apoio moral e material nas mais duras provas por que passamos.'

"Mohammad Hosni Mubarak, presidente da República Árabe do Egito: 'Quanto a mim, experimento uma idêntica alegria em relação ao nosso relacionamento, alegria oriunda do meu profundo apreço pela sua lúcida posição, pela sua sabedoria, pela sua coragem, pela sua ampla e abrangente visão histórica, pela sua característica capacidade de assumir responsabilidades, pela sua capacidade de se situar acima dos acontecimentos e pela sua maneira de abordar as realidades de nossa época.'"

[– *Ele fodeu todo o mundo. Ele realmente fodeu todo o mundo.*
"*Quando um não quer, dois não fodem.*]

– Não sou eu que estou afirmando estas coisas – prosseguiu Petkanov. – São palavras de outras pessoas, pessoas mais competentes para julgar.

"Quando anteriormente estive presente, muitos anos atrás, no tribunal burguês-fascista em Velpen, fui acusado, como agora, de crimes inventados. O Sr. professor procurador, no início deste... espetáculo, recordou que os crimes dos quais fui acusado, quando tinha dezesseis anos e era membro da Juventude Comunista, foram arrolados como danos à propriedade etc. Mas todo mundo sabia que na realidade me acusavam do crime máximo de ser socialista e comunista, de querer melhorar a sorte dos trabalhadores e camponeses. Todo mundo sabia disso, a polícia dos patrões e dos burgueses, o promotor, o tribunal, e meus companheiros. E todo mundo sabia que por isso fui condenado. E a mesma coisa está acontecendo de novo. Todo mundo, todo mundo neste tribunal e que está assistindo a este espetáculo sabe que as acusações contra mim foram convenientemente forjadas. Fui o timoneiro deste país durante trinta e três anos, sou comunista, sacrifiquei minha vida inteira pelo povo; logo, devo ser um criminoso, segundo aqueles que já fizeram as mesmas promessas e juramentos e que agora os traem. Mas a verdadeira acusação, como todos sabemos, é a de eu ser socialista e comunista, e de eu ter orgulho de ser socialista e comunista. Por isso, vamos dar nomes aos bois, meus ex-camaradas. Eu me declaro culpado da principal acusação. Agora, podem condenar-me a seja lá que for que vocês já resolveram.

Com um último olhar belicoso para seus acusadores, Stoyo Petkanov sentou-se abruptamente. O presidente do Tribunal olhou para o relógio. Uma hora e sete minutos.

No final de fevereiro, as últimas petições legais estavam sendo apensadas ao processo. O sol começava a furar a neblina poluída sobre a cidade. O avozinho março estaria chegando em breve. Ele era tido como um velho cheio de caprichos, difícil de agradar, mas quando sorria, era promessa de bom tempo.

Peter Solinsky comprara duas *martenitsas*: borlas de madeira, metade vermelhas, metade brancas. O vermelho e o branco espantavam o mal, traziam boa sorte e boa saúde. Mas naquele ano, Maria não quis pendurá-las.

– Nós as penduramos no ano passado. Todo ano.
– No ano passado, eu te amava. No ano passado, eu te respeitava.

Peter Solinsky chamou um táxi pelo telefone. Bem, se era assim que ia ser... Pelo menos uma das liberdades recém-adquiridas era não ter de fingir gratidão por ser casado com a filha de um líder antifascista. *Ela* é que deveria ser grata a *ele*, em vez de fazer pouco caso de seu desempenho, de chamá-lo de advogado de TV. Mesmo que o Tribunal se recusasse a aceitar posteriormente, no processo, a acusação de assassinato, ele tivera um bom desempenho, muito bom. Era o que todo mundo lhe dizia. Seu *coup de théâtre* operara uma mudança decisiva no ponto de vista do público. As charges nos jornais retratavam-no como são Jorge matando o dragão. A Faculdade de Direito dera um jantar em sua homenagem. As mulheres passaram a sorrir-lhe, mesmo mulheres desconhecidas. Seus únicos críticos tinham sido Maria, os editorialistas do *Verdade* e o autor de um cartão-postal anônimo que ele recebera outro dia. O retrato era da antiga sede do Partido Comunista em Sliven, e os dizeres, apenas: DEEM-NOS CONDENAÇÕES, NÃO JUSTIÇA!

Pediu ao motorista de táxi que o levasse às colinas setentrionais.

– Vai-se despedir, chefe?

– Despedir? – Era aparente que ele acabara de brigar com Maria?

– De Aliosha. Ouvi dizer que vão retirá-lo.

– Você acha uma boa ideia?

– Camarada, chefe. – O motorista pronunciou essas palavras de modo evidentemente irônico. Virou-se ligeiramente em direção ao passageiro, mas tudo o que Solinsky conseguia distinguir era um pescoço enrugado, um boné amassado e o perfil de um cigarro fumado pela metade. – Camarada, chefe, agora que todos nós desfrutamos da liberdade e podemos falar o que nos der na telha, permita-me dizer-lhe que estou cagando para qualquer alternativa.

O táxi estacionou e ficou à sua espera. Ele atravessou o jardim público e subiu a escadaria de granito. Por mais um pouco, Aliosha continuaria a erguer sua reluzente baioneta e a avançar confiantemente rumo ao futuro; em volta de seu pedestal, as metralhadoras continuariam a defender fosse qual fosse a posição que lhes haviam mandado defender. E então? Será que outra coisa haveria de ser erguida no lugar de Aliosha, ou a época dos monumentos já teria passado? Peter Solinsky olhou de cima os castanheiros e os pés de lima desnudos, os álamos e as nogueiras, todos levariam ainda semanas para se encher de folhas. A ocidente, conseguia distinguir o monte Rykosha, o cenário da rapsódia adolescente (ou reles invenção) de Petkanov. Ao sul, jazia a cidade envolta em neblina, guardada por suas fortificações habitacionais. Amizade 1, Amizade 2, Amizade 3, Amizade 4... Talvez fosse melhor ele arranjar outra moradia, como sugerira Maria. Poderia mencioná-lo ao ministro da Habitação, que, tal como ele, fora antigo membro do Partido Verde. Só porque Maria não lhe acompanharia, não queria dizer que ele fosse obrigado a morar num pardieiro qualquer. Seis quartos, talvez. Um procurador-geral tinha, às vezes, de receber em casa autoridades estrangeiras. E... bem, ele não haveria de permanecer divorciado para sempre.

Lembrava-se de permanecer ali em pé, quando criança, numa postura rígida ao lado do pai, ouvindo a banda, assistindo ao embaixador soviético depositar uma coroa e bater continência. Lembrava-se de Stoyo Petkanov em pleno poder. De Anna Petkanova também: cara de pug, cabelos trançados. Durante mais ou menos dez anos, tivera uma paixão à distância pelo Farol da Juventude. Os retratos nas revistas faziam-na parecer charmosa, e ela se interessava por jazz. Teria sido assassinada? Sofrera o país semelhante degradação? Será que alguém seria capaz de fazer qualquer coisa por um motivo qualquer? Quem poderia saber. Stálin mandou assassinar Kirov: bem-vindos ao mundo moderno.

Ao descer a escadaria de granito, Peter Solinsky tirou do bolso da capa de chuva as duas *martenitsas*. Atravessou um gramado malcuidado e, sob o olhar simpático de três jardineiros municipais idosos, enfiou as borlas de madeira debaixo de uma grande pedra. Era isso o que se fazia no campo nessa época do ano. Alguns dias depois, voltava-se aonde se deixaram as *martenitsas*. Se houvesse formigas sob a pedra, era sinal de que haveria carneiros na fazenda aquele ano; minhoca e insetos, sinal de gado e de cavalos; aranhas, sinal de jumentos. Tudo o que se mexia era uma promessa de fertilidade, de recomeço.

– Como passou o fim de semana, Peter? Aconteceu alguma coisa? Será que os excepcionais fizeram alguma manifestação contra a nova constituição?

O homem era incansável. Não era possível entendê-lo porque ele vivia deixando os outros exaustos. Deve ter sido todo aquele iogurte que ele comia. Ou os gerânios selvagens sob a sua cama. Uma boa saúde e vida longa: a planta dos centenários. Talvez ele devesse mandar o miliciano jogá-los pela janela da próxima vez que Petkanov deixasse o cômodo.

O procurador-geral já não tinha ânimo combativo. O caso estava encerrado, só faltando a sentença, e ele ganhara. Estranho que o réu não lhe tivesse devotado demonstrações de rancor – pelo menos de mais rancor – depois das afirmações sobre Anna Petkanova. Ou talvez isso fosse sintoma de algo.

– Fui ver meu pai – respondeu Peter Solinsky.

– E como está ele?

– Morrendo, como eu lhe disse.

– Bem, não há mais nada a fazer. Sinceramente, lamento muito. Apesar de nossas diferenças...

Solinsky não desejava ouvir mais uma versão grotesca e deformada de seu passado familiar.

– Meu pai falou a seu respeito – disse asperamente. Petkanov olhou-o com expectativa, um líder acostumado a ser lisonjeado. Mas seu estado de espírito expectante murchou ao examinar as feições do procurador: magras, ríspidas, mais velhas. Não, já não era possível chamá-lo de rapaz. – Meu pai não dispunha mais de muitas palavras, mas queria que você as ouvisse. Disse que, quando jovem, você tinha uma autêntica fé. Ah! ele disse que você era louco pelo poder, mas que isso não era incompatível com a verdadeira fé. Disse que ficava imaginando em que momento você perdeu a fé. Preocupava-lhe saber quando e como aconteceu. Talvez quando da morte da sua filha, mas talvez, achava ele, muito, muito antes.

— Pode dizer a seu pai que ainda creio verdadeiramente no socialismo e no comunismo. E que eu nunca vacilei quanto ao caminho a trilhar.

— Então você há de se interessar pelo que meu pai me disse, logo antes de eu deixá-lo. Ele disse: "Tenho uma adivinhação para você, Peter. O que é pior, o verdadeiro crente que continua a acreditar apesar de toda a evidência contrária da realidade observável, ou a pessoa que admite essa realidade e que, não obstante, continua a alegar uma condição de verdadeiro crente?

Stoyo Petkanov procurou, para variar, não demonstrar toda a sua irritação. Isso era bem do velho Solinsky, sempre bancando o merda do intelectual. Lá estariam eles, na etapa final da aprovação do próximo programa econômico, com os ministros preocupados com as metas formuladas, ou com as chuvas na época da colheita, ou com o efeito que mais uma crise no Oriente Médio teria sobre o fornecimento de petróleo bruto da Mãe Rússia, e o velho Solinsky ficaria brincando com o seu cachimbo, empurraria sua cadeira para trás e pomposamente arrotaria teoria. "Camaradas, estive relendo..." era a sua principal maneira de chateá-los. Re-lendo! É claro que você começava lendo; de início, você estudava, mas depois trabalhava, agia. Os princípios científicos do socialismo já estavam estabelecidos, e você os aplicava. É claro que com variações locais. Mas quando você estava decidindo a data de conclusão de uma hidrelétrica, ou especulando por que os camponeses do Noroeste estavam retendo cereais, ou examinando um relatório do DSI sobre a minoria húngara, você não precisava, camarada professor Solinsky de Merda, não me leve a mal, você não precisava, me desculpe, reler nada. O problema é que ele foi tolerante demais, paciente demais com o pai de Peter. O velho tolo deveria ter sido mandado para o campo para brincar com suas abelhas com muitos anos de antecedência. Ele não era assim tão metido a ser o tal, o teorizador, quando estiveram juntos na prisão de Varkova. Ele não pedira permissão aos guardas para reler nada antes de voar em cima daquele Guarda de Ferro que desgarrara do grupo principal. Naquela época, Solinsky sabia fazer um fascista choramingar de dor.

Mas o ex-presidente não exprimiu nada disso. Ao contrário, disse num tom de voz tranquilo:
– Todo homem tem suas dúvidas. É normal. Talvez houvesse períodos em que até eu desacreditasse. Mas eu permitia que os outros cressem. Vocês são capazes de algo semelhante?
– Ah! – respondeu o procurador. – O grande facilitador. O sacerdote imperfeito que conduz ao Céu os ignorantes.
– São palavras suas.

– Ele é culpado, vovó.
A avó de Stefan mexeu ligeiramente com a cabeça e levantou o olhar, de sob sua touca de lã, para o rosto do estudante. O tolo e pequenino tordo, sorrindo tolamente, apontando com o bico para a gravura colorida de V. I. Lênin.
– Também condenaram seu namorado, vovó, enquanto estavam com a mão na massa.
– Então você está contente?
O tordo ficou espantado com a súbita pergunta. Pensou por um momento, soprando a seguir a fumaça do cigarro em cima do fundador do Estado Soviético.
– Sim – disse ele –, já que você pergunta. Encantado.
– Então eu tenho pena de você.
– Por quê? – O rapaz pareceu dar, pela primeira vez, plena atenção à velha sentada debaixo de seu ícone. Mas ela desviou seus olhos dele, refugiando-se em suas recordações. – Por quê? – repetiu ele.
– Deus me livre que um cego aprenda a ver.

Vera, Atanas, Stefan e Dimíter desligaram a televisão e saíram para beber cerveja. Sentaram-se num bar enfumaçado que já fora uma livraria antes das mudanças.
– O que você acha que ele vai receber?
– Pou-pou-pou.
– Não, eles não fazem isso.
As cervejas chegaram. Em silêncio, religiosamente, ergueram seus copos e brindaram, entrechocando-os sem muita energia. Ao

passado, ao futuro, ao final das coisas, ao início. Cada um bebeu seriamente o primeiro gole.

– Então, alguém aqui se sente aliviado?

– Atanas, você é tão cínico.

– Eu? Cínico? Sou tão pouco cínico, que queria que o pusessem contra um muro e o fuzilassem.

– Era preciso haver um julgamento. Eles não podiam dizer apenas, ei, vamos saindo, fingiremos que você está doente. Isso é o que os comunistas costumavam fazer.

– Mas não estava certo, não é?, o julgamento. O que ele fez ao país não pode ser formulado apenas em termos criminais. Deveriam ter abrangido mais coisas, a maneira como ele corrompia tudo o que tocava. Tudo o que tocamos também. A terra, a grama, as pedras. As mentiras dele o tempo todo, como tática política, de modo reflexo, e como ensinou todo mundo a também fazê-lo. Como é difícil agora as pessoas acreditarem. Como ele corrompeu até as palavras que saem das nossas bocas.

– Ele não corrompeu as minhas, aquele mentiroso, filho de uma puta, cara de merda.

– Atanas, eu gostaria que você fosse sério. Uma vez na vida.

– Pensei que fizesse parte das coisas, Vera.

– Parte de quê?

– Da liberdade. Liberdade de não ser sério. Jamais de novo, jamais, jamais, se não corresponde à sua vontade. Não será um direito meu ser frívolo pelo resto da vida, se é isso o que eu quero?

– Atanas, você já era tão frívolo quanto agora antes das mudanças.

– Mas na época era um comportamento antissocial. Vandalismo. Agora é meu direito constitucional.

– Será que foi por essa bandeira que lutamos? O direito de Atanas de ser frívolo?

– Talvez isso baste para ir levando no momento.

No dia anterior ao da publicação da sentença do Processo Crime Número 1, Peter Solinsky foi visitar Stoyo Petkanov pela última vez. O velho estava de pé dentro do semicírculo pintado, com o nariz encostado na janela. O miliciano de guarda fora avisado de que aquela restrição já não se aplicava. Deixe-o apreciar a vista agora, se assim o quiser. Deixe-o olhar de cima a cidade em que já mandou.

Sentaram-se em lados opostos da mesa de jogo enquanto Petkanov lia a decisão do Tribunal, como se procurasse alguma irregularidade. Trinta anos de exílio interno. Isso tomaria conta dele até a hora de sua despedida. Sequestro dos bens pessoais pelo Estado. Algo familiar, quase reconfortante nisso. Bem, ele começara sem coisa alguma, acabaria sem coisa alguma. Deu de ombros e colocou o papel na mesa.

– Vocês não retiraram minhas medalhas e homenagens.
– Achamos que deveria guardá-las.

Petkanov soltou um grunhido.

– E, então, como vai você apesar de tudo, Peter?

Ele agora estava sorrindo para o procurador com uma intensidade maníaca, como se estivesse prestes a começar a vida, uma vida cheia de programas e passeios e loucas aventuras.

– Como vou? Exausto, só para lhe dizer alguma coisa. Se este cansaço que faz arder o estômago e anestesia a cabeça for igual ao que você sentia quando conseguia o que queria, quando seu país foi libertado e sua carreira bafejada de sucesso, como seria o cansaço da derrota? – Aquela sensação triunfante inicial era agora água jogada fora. – Como estou? Já que pergunta, meu pai morreu, minha mulher quer o divórcio e minha filha se recusa a falar comigo. Como você espera que eu me sinta?

Petkanov sorriu de novo, e a luz foi refletida pela armação metálica de seus óculos. Sentia-se estranhamente alegre. Perdera tudo, mas estava menos derrotado que aquele jovem que envelhecia. Os intelectuais eram patéticos, sempre soube disso. É provável que o jovem Solinsky fosse descambar agora na doença. Como desprezava as pessoas que ficavam doentes.

– Bem, Peter, você precisa pensar que sua nova situação dará agora mais tempo para se dedicar à salvação de sua pátria.

Estaria sendo irônico? Tentando insinuar alguma ligação entre eles, dando-lhe conselhos? O pouco consolo de Peter era saber que continuava a odiar aquele homem, tanto quanto sempre odiara. Levantou-se para ir embora; mas o ex-presidente não estava satisfeito. Apesar da idade, circundou rapidamente a mesa e apertou a mão do procurador, pondo-a em seguida entre suas próprias mãos roliças.

– Diga-me, Peter – perguntou ele num tom de voz simultaneamente insinuante e sarcástico –, você me acha um monstro?
– Pouco me importa. – Solinsky estava louco para escapulir.
– Bem, deixe-me colocá-lo da seguinte maneira. Você me acha um homem comum ou um monstro?
– Nenhum dos dois. – O procurador-geral deu um suspiro agudo e nasal. – Devo dizer que acho você apenas um gângster.

Petkanov deu uma inesperada risada diante da resposta.

– Isso não é resposta para a minha pergunta. Peter, deixe-me mostrar-lhe uma adivinhação, para substituir aquela que seu pai lhe deu. Sou um monstro ou não sou? Sim? Se não for, então devo ser alguém parecido com você, ou alguém em quem você talvez possa se transformar. O que deseja que eu seja? É você quem decide.

Solinsky recusou-se a responder, e o ex-presidente insistiu de modo quase sarcástico.

– Não, você não está interessado? Então, deixe-me continuar. Se for um monstro, então voltarei para assombrar seus sonhos, serei seu pesadelo. Se for como você, voltarei para assombrar sua vigília. Qual dos dois você prefere? Hem?

Agora Petkanov puxava sua mão, puxava-a para si, e assim Solinsky podia sentir o cheiro de ovos cozidos no seu hálito.

– Você não vai conseguir se livrar de mim. A farsa desse julgamento não fará nenhuma diferença. Matar-me não faria nenhuma diferença. Mentir a meu respeito, dizendo que eu era apenas temido e odiado, não fará nenhuma diferença. Você não vai conseguir se livrar de mim. Não vê?

O procurador-geral conseguiu arrancar a mão do aperto de seu captor. Sentiu-se maculado, contaminado, sexualmente corrompido, atingido até a medula.

– Vá para o inferno – gritou, virando-se violentamente. Viu-se de cara com o miliciano, que acompanhava aquele intercâmbio com

uma nova e democrática curiosidade. Algo fez com que o procurador balançasse polidamente a cabeça, e o soldado bateu os calcanhares em resposta. Em seguida ele gritou de novo:
– Vá para o inferno, seu maldito.
Quando estendeu a mão para pegar a maçaneta, ouviu uns passos secos e apressados atrás de si. Ficou espantado com o pavor que sentiu. Aquela mão agarrou o seu braço, obrigando-o a virar-se. O ex-presidente estava agora olhando fixamente nos seus olhos e puxando-o, puxando-o para aproximar seus rostos. De repente, o procurador perdeu as forças, e os olhos deles se encontraram furiosamente nivelados.
– Não – disse Stoyo Petkanov. – Você está errado. Eu o amaldiçoo. Eu o condeno. – O olhar invicto, o bafo de ovo cozido, os velhos dedos apertando, machucando o seu braço. – *Eu* é que sentencio *você*.

A partir das mudanças, as pessoas haviam começado a voltar para a Igreja; não apenas para serem batizadas e enterradas, mas para o culto, para um consolo inespecífico, para ter certeza de serem algo mais que abelhas numa colmeia. Peter Solinsky esperara um acotovelamento de *babas* de xale na cabeça, mas viu apenas homens e mulheres, jovens, velhos e de meia-idade: gente como ele. Deixou-se ficar constrangido no pórtico de santa Sofia, sentindo-se um impostor, imaginando o que fazer, se deveria ajoelhar. Ninguém lhe deu confiança, e começou a subir lentamente a estreita nave lateral. Deixara para trás a luz mortiça de lâmpada fraca de uma tarde de março; seus olhos se adaptavam agora a uma claridade que dependia da escuridão circundante. Os círios reluziam em sua direção, o latão polido estava em brasa, e pequeninas e altas janelas reduziam a luz do sol a raios finos e bem definidos.

O resistente candelabro de ferro fundido, eriçado de pontas e suaves arabescos, era um teatro de luz. Acendiam-se velas em dois níveis: à altura do ombro em intenção aos vivos, à altura da cintura em intenção aos mortos. Peter Solinsky comprou duas velas finas de cera e as acendeu. Ajoelhou-se e pressionou com força a primeira na bandeja de areia no piso da igreja. Em seguida, levantou-se, forçando a extremidade da segunda vela, que queimava em intenção à sua pátria, contra a ponta negra de ferro. As chamas juntas esquentavam-lhe o rosto. Recuou rigidamente, como um general colocando uma coroa, e pôs-se em posição de sentido. A seguir, as pontas dos dedos descobriram sua testa, e ele prosseguiu, sem protestar, cumprindo o eterno gesto, benzendo-se da direita para a esquerda, à maneira ortodoxa.

A chuva e a noite caíam suave e simultaneamente. Num morro baixo ao norte da cidade, jazia um pedestal de concreto, inútil e triste. Os painéis de bronze que recobriam seus lados reluziam sombriamente na umidade. Sem Aliosha para conduzi-los rumo ao futuro, os metralhadores se viram agora partícipes de uma batalha diferente: irrelevante, local, silenciosa.

No terreno baldio ao lado do pátio de manobras, a chuva emprestava um delicado suor a Lênin e a Stálin, a Brejnev, ao Primeiro Líder, a Stoyo Petkanov. A primavera estava chegando, e as primeiras gavinhas faziam nova tentativa de se agarrar ao escorregadio bronze das botas militares. Na escuridão, as locomotivas cambaleavam em desvios molhados, arrastando cabos aéreos, e projetando breves feixes de luz nos rostos esculpidos. Mas haviam terminado os argumentos naquele póstumo Politburo; os rígidos gigantes haviam caído em silêncio.

Diante do mausoléu vazio do Primeiro Líder, estava uma velha solitária. Usava um cachecol de lã enrolado em volta de um chapéu de lã, ambos encharcados. Nas mãos estendidas, segurava um pequeno retrato emoldurado de V. I. Lênin. A chuva enchia de gotas a imagem, mas seu rosto indelével perseguia todos os passantes. Vez por outra, algum bêbado convicto ou algum tordo falastrão de um estudante gritariam para a velha, para a luz diáfana refletida pelo vidro molhado. Mas, fossem quais fossem as palavras, ela mantinha sua posição, e permanecia calada.

Este livro foi impresso na Editora JPA Ltda.,
Av. Brasil, 10.600 – Rio de Janeiro – RJ,
para a Editora Rocco Ltda.